文芸社セレクション

一生は価値があるのだ

一度の人生をがんばろう

多賀　文男

文芸社

はじめに

鎌倉時代の末期に歌人であり随筆家でもあって、随筆：徒然草を書いた吉田兼好を尊敬しています。次から次に心にうつりゆくことを書きとめておこうと思いました。

少しでも役に立つことがあったならば、たいへんに嬉しく而《しか》も光栄であり、好運でありますので。齢《よわい》九十の思いです。生まれた日本国への感謝と言えるでしょうか。つくづく、日本人として生きることと九十歳でも書けることの感激を噛みしめながら。

本書は、日本人を始め世界の人びとの諸々《もろもろ》の現状を、事実のままで何もかも隠さずに、曝《さら》け出したものです。

現在の日本人は、是が非でも知る可《べ》きであり知らねばならないと痛感しています。ちかごろ、残念ながら感じて仕舞うのは、

人間も上等とは言えない。

という真相であり現実問題であります。

アウトローの本性を顕《あらわ》にしているロシアとチャイナ及びコリアが悪辣《らつ》ぶり遣《や》り続けているのは呆《あき》れ返って仕舞います。此の本性は遺伝ですから治《なお》すことが出来ないものです。

世界には、アウトローの国は沢山ありますが、其のなかでもロシアとチャイナ及びコリ

アが余りにも下劣で目立つために取り上げざるを得ない訳なのです。変質者の代表兼見本であるロシアとチャイナ及びコリアは、然《さ》も得意《とくい》げに〝異常ぶり〟を見せびらかすのには開いた口が塞《ふさ》がりません。

莫迦《ばか》に付ける薬は無い。

とはよくぞ先人《せんじん》が言ったものです。時代おくれのロシア人一味《いちみ》に担《かつ》ぎ出されたプーチンは軽薄そのもので、本当に見苦しい限りですね。

本書に於いては、悪党の見本たちを更に詳しく暴露しますから、ご期待ください。

令和五年　五月

多賀文男

目次

序　章　無限は最もだいじなり

どこまでだって宇宙だよ

物事の状態で「際限が無い」すなわち限界が無いのを〝無限〟と呼ぶのだが。

宇宙は無限であり無際限である

だから、どこまで行こうが限り無く「宇宙は存在する」訳である。静かに考えれば考えるほど気が遠く成って仕舞う。

一、よく調べぬく。
二、真理を究《きわ》めた。
三、真剣に考えた。
四、真実を突きとめた。
五、堂々と発表できた。

落ち着いて　考えるなら　真実が
徐々《じょじょ》にちかづき　仄々《ほのぼの》したり
漸々《ようよう》と　日は射《さ》し始め　忽《こつ》然と
明《あき》らかと成り　嬉しかりける

宇宙こそ無限大の見本《みほん》

無限大である処の宇宙の「右に出る」ものは無いというのが現実なのだ。
是《これ》から、胸を張って言えるのは、
一、宇宙こそ無限大なのである。
二、最も大きいのが宇宙である。
すなわち、人間が述べることの可能な世のなかでは、
一、無限にでかいのが宇宙に他《ほか》ならない。
二、宇宙の「右に出る」ものは無い。
三、宇宙こそ〝無限そのもの〟に他《ほか》ならない。
然《そう》して、後述はたいへん仕合わせである。
一、生きている時に発見できた。
二、生存中に知ることが出来た。
　現実に　真の姿を　判《わか》り得《え》て
此のよろこびは　何にも増《ま》して

無限は最もだいじなり

ほんとうに、〝無限〟という「限界が無い」ことは、人間にとってたいへん大切《たいせつ》な事実であります。

此の〝事実〟に気が付いたのは、好運《こううん》であり幸《しあわ》せに思えてなりません。

然《そう》して、人間は此の事実を悦《よろこ》ぶべきと信じます。

是《これ》を強く主張する行為を、「慢心《まんしん》している」と受けとめて〝誤解・批難〟をする人は、哀《あわ》れであると言わざるを得ません。

無限に対する事実には
有限ということがあり、
無限と有限を比《くら》べれば
無限の方《ほう》が遥《はる》かに多く、
是《これ》は厳然《げんぜん》たる真《まこと》なりや。

無限に対する事実には
有限ということがあり、

無限と有限を比《くら》べれば
無限の方《ほう》が甚《はなは》だ大きく、
是は厳然たる真《まこと》なりや。

無限に対する事実には
有限ということがあり、
無限と有限を比《くら》べれば
無限の方《ほう》が可成広くて、
是は厳然たる真《まこと》なりや。

揺るぎなき　事実としては　無限にて
　有限よりも　はるかに多し
有限と　無限をときに　おもうなら
　夢こんこんと　湧《わ》きいずるかな

有限と無限とに関して

せんだって、有限なるものと無限なるものとを、じっくりと考えてみた。
是《これ》は、考えれば考えるほど〝其の不思議さ〟に驚いてしまった。
こわごわ、有限なるものと無限なるものの区分《くわ》けを為《し》て見たのだが。
先《ま》ず、有限なるものに就《つ》いて物体的には、
○生物体の　〝命《いのち》〟
必《かなら》ず、生まれれば死ぬ時が訪《おとず》れる。
然《そう》して、行動的には、
○生物体の行為《こうい》
是《これ》も、行為には〝初《はじ》めと終《お》わり〟とが在る

有限と　無限に関し　思うなら
〝生物体〟を　先《ま》ず浮かべたり

無限とか　有限とかを　思う時
こわいほどにて　興味《きょうみ》は尽《つ》きず

〝無限〟こそ壮大だ！

テーマの如く、此のことに気付いて本当によかったと思う。〝無限〟で、最も重要と熟々《つくづく》考えざるを得ないことは、

一、人間の起源。

二、宇宙の起源。

〝無限〟とは限界が無いことであるけれども、是を「深く考えたことは無い」のが普通であろう。大概《がい》のところ、

〝物〟には限《かぎ》りが在る。

と思っているのだが、実は「そうではない」のである。

〝起源《きげん》〟とは、物事が起《おこ》る根源すなわち〝はじまり〟を云《い》うが、前述の㊀も㊁も〝はじまり〟は無いし、勿論〝おわり〟も無いというのが事実なのだ。

人間の　起源は他《ほか》の　生き物《もの》と
　述《の》べているこそ　実におろかぞ

人間の　起源はやはり　人間で
べつの物では　あらざりけりな

〝無限〟で、次に重要と考えて居ることは、

◇宇宙のサイズ（大きさ）。

地球のサイズは、小児でも理解できるであろう処の〝有限〟なれど、宇宙は驚くなかれ〝無限〟なのである。

人間は、とかく地球上の物体に因《よ》って「判断して仕舞いがちである」が、大宇宙は想像を絶する存在と思考する。故に、宇宙のサイズは〝無限〟と称して差し支えない。従って〝有限〟なるものは〝無限〟なるものと比較すれば、極めて小さく且《か》つ少ないと言える。

要点は、宇宙は大宇宙とも表現することもあるくらいだし、宇宙と比《くら》べて地球は遥かに小さく且《か》つ「其処に住む」人間もまことに小さいと言わざるを得ない訳。だから、

一、〝有限〟は、小さく尠《すく》ない。

二、〝無限〟は、大きくて多い。

結論として、「〝無限〟こそ壮大だ！」と称する所以《ゆえん》。

宇宙こそ　壮大にして　無限なり
　夢をはぐくみ　わくわくさせて
有限の　際立《きわだ》つものは　地球にて　人《ひと》はちいさし
　其処に住み居《お》る
物事は　諸々《もろもろ》すべて　〝有限〟と
　考えるのは　あほらしきかな

ともすれば　人は大凡《おおよそ》　普段《ふだん》見る
物体に因《よ》り　推《お》しはかるなり
無限とは　兎《と》にも角《かく》にも　限界が
ぜんぜんなくて　限りなきもの

孰《いず》れにしても、此の宇宙は無限大のために「どこまで行こう」が宇宙という訳なのだ。
無限の壮大さから大宇宙と表現する位だ
考えれば考えるほど不可思議と言えるし
種々《しゅじゅ》思うと楽しいうえ気が遠くなりそう

然《そう》して、今まで考え及ばなかったことを、
一、宇宙に就いてはまったく気にも留《と》めなかった。
二、無限に関しては意に介《かい》さず心に懸《か》けなかった。

亦《また》、後述《こうじゅつ》は歴然としている事実である。
一、宇宙空間に有る物体である〝天体〟は無限。
二、地球上に存在している処の〝物体〟は有限。

併《しか》し、地球上の物体と雖《いえど》も〝無限〟である事実もあって、夫《それ》は
一、発生。
二、滅亡《めつぼう》。

始まりは無いし終りも無い

其れから、起源（物事の起《おこ》る根源《こんげん》）：始まりと終《おわ》りの無いのは、

一、宇宙。
二、天体《てんたい》。
三、人間。
四、動物。
五、植物。

蛙《かえる》の子は蛙なり

発生《はっせい》もなく消滅《しょうめつ》も無い

人間は通常、次の事柄《ことがら》を考えるもの。
　誕生《たんじょう》があり死亡がある
然《そ》うして、左記の如《ごと》くに考える。
　発生があり消滅《しょうめつ》がある
併《しか》し乍《なが》ら、後述《こうじゅつ》の〝事実〟が判明したのだ。
　誕生も無く死亡も無い
従って、次の〝重大なる事実〟が判《わか》って仕舞った。
　発生も無く消滅も無い
すなわち、此の〝判明した事実〟の例を挙げると、
　一、太陽。
　二、月。
　三、地球。
言うならば、此の〝重大なる事実〟に依って、
　〝無限〟を証明できた

ことに成り、「明白《めいはく》と成った」次第である。

是《これ》は、たいへんに喜ばしいと言えよう。

とかく、人間というのは、誕生とか発生を考え、死亡とか消滅を思って終《しま》うのだ。

斯《か》かる〝通常で卑近《ひきん》なる事柄《ことがら》〟から「目を転《てん》ずる」ならば、いろいろさまざまな〝おもしろい事柄〟が「わかってくる」ので、非常に楽しく成る。

一、宇宙は〝無限〟である。
二、天体は〝無限〟である。
三、人間は〝無限〟である。
四、動物は〝無限〟である。
五、植物は〝無限〟である。
六、微生物《びせいぶつ》は〝無限〟である。

（註《ちゅう》）㊂と㊃と㊄と㊅に就《つ》いては、過去も現在も未来《みらい》も、〝人間〟であり〝動物〟であり〝植物〟であり〝微生物〟であって、何の変わりはない。

人間は　古今未曾有《ここんみぞう》が　人間で
全く以《もっ》て　変わりなきかな

天体《てんたい》の　無限なるのは　明白《めいはく》に
現実からも　証明されたり

次に、無限なるものの概念《がいねん》としては、

一、天体《てんたい》であり宇宙空間《うちゅうくうかん》に存在する物体を言う。
換言《かんげん》すれば次のように分類できる。
二、惑星《わくせい》…恒《こう》星の周囲《しゅうい》を公転《こうてん》する星《ほし》で〝太陽系〟では、
①　水星　②　金星　③　地球　④　火星　⑤　木星　⑥　土星
⑦　天王星　⑧　海王星　⑨　冥《めい》王星　⑩　最近「新しく発見された」も
のが存在する模様。
三、恒星《こうせい》…宇宙に於《お》いて「相互《そうご》の位置を変《か》えない」と思われていて自《みずか》ら発光する。
①　太陽　②　銀河《ぎんが》　③　星団《せいだん》　④　星雲《せいうん》

然《そう》して、是《これ》らは、
一、人間が考える処《ところ》の〝始め・終り〟という事が無い。
二、物体的には誕生・死亡と言うか発生・消滅《しょうめつ》が無い。
三、行動的にも〝開始・終了《しゅうりょう》〟が無い。
四、すべてに於《お》いて〝生物体〟とは違う。
惑星《わくせい》や　恒星《こうせい》どもは　無限なり
〝人類たち〟の　想像を超《こ》え

〝卵《たまご》〟が先《さき》か？　の問題

卵が先か？　鶏《にわとり》が先か？

に就《つ》いて、「論じあった」との話題を聞くが、次の点が重要である。

一、雌鳥《めんどり》が雄鳥《おんどり》と交尾《こうび》すれば　↓　有精卵《ゆうせいらん》を生《う》んで夫《それ》が雛《ひな》と成る。

二、雌鳥が交尾をしなければ　↓　無精卵を生むが雛と成らない。

然《そ》うして、次の点が重要と成ってくる訳《わけ》だ。

一、雌鳥と雄鳥との同棲《せい》有無。↓　雄鳥の存在が必須《ひっす》。

二、雌鳥が雄鳥と交尾の有無。

すなわち、前述から、

一、最高で極上の悦楽《えつらく》を為《す》る。

二、子孫繁栄《はんえい》：繁殖を目指《めざ》す。

従って、万事《ばんじ》が次の点から「出発する」ことに成る次第。

一、一般の動物と同じように鶏も雌雄《しゆう》が存在して同居する。

二、一般の動物と同じように交尾《こうび》というセックスに耽《ふけ》る。

故《ゆえ》に、必然的な結果として、〝有精卵が生まれることに成る。以上から、

にわとりが先である

と、確信して断言できるのだ。

孰《いず》れにしても、次のとおり、

一、鶏の先祖は鶏である。

二、鶏は〝無限〟である。

是《これ》は、あらゆる〝動物〟たちと、何等《なんら》変わらず〝無限〟であるのだ。

それから、〝無限〟の現実から、卵と鶏の問題を「説《と》き明《あ》かせた」ことは、たいへんに悦《よろこ》ばしく思う。だから、なんと言っても、にわとりが先である。

雌鳥と　雄鳥たちが　卵より
先《さき》であるのは　明《あき》らかなりや
鶏も　他のけものらと　同様に
無限なること　確実にして
今までは　卵が先か　鶏が先か
迷《まよ》う事こそ　阿呆《あほ》らしきかな

日本は四季がくっきり

日本は、四方を海に囲まれた環境から春夏秋冬の四季が著《いちじる》しく鮮《あざ》やかで、おおむね、
一、春は暖かい。
二、夏は暑い。
三、秋は涼しい。
四、冬は寒い。
ところで、春夏秋冬の〝語源〟に就いては、
一、春：草木の芽《め》が「張る」意から。
二、夏：朝鮮・満州のアルタイ語が原義である語と同源という。
三、秋：秋空が「あきらかである」処から。
四、冬：ひゆ（冷）の意から。
以上の通り、四季が際立《きわだ》っているため、詩情を湧かせてくれ楽しいのだ。

日本ほど　四季が際立《きわだ》つ　国は無く
生まれしことの　しあわせに酔う
特徴が　くっきりしたる　季節こそ

魅力あふれて　たのしかりける
四季なりし春夏秋冬　それぞれの
特色があり　詩情をそそりて

ただし、次の季節が在るのも忘れてはならない。
◇　六月頃の雨期である。呼びかたはいろいろで、
一、つゆ。
二、ばいう。
三、さみだれ。
其の時季（シーズン）では、
一、雨が降り続いたり。
二、降ったり止んだり。
三、じめじめした曇りがち。
四、〝黴《かび》〟が生《は》えたり。
五、ゆううつな気分に成る。
㊃は、飲食物とか衣服や器具などの表面に生《しょう》ずる微生物。

〝満月《まんげつ》〟に感動しない（一）

嘗《かつ》て、次のように述べたことがある。

満月を見て「美しい」とは思っても日本人ほど「感動する」民族は世界にはいないと。

其れでも、最近は後述の如く感じてならないのである。即ち、日本人でさえ感動するのが非常に少ないというか、尠なくなったのでは。

一、風流韻事《いんじ》に関心が無い。↓詩文を作るなど。

二、生来《せいらい》の性質に由《よ》り〝風物《ふうぶつ》〟には感動しない。

三、〝満月〟どころではない。

四、動物とほぼ同じ見方《みかた》を為《し》て終《しま》う。

五、〝感性《かんせい》〟を持って居ない。

満月を　美しいとも　思わざる
　　　人も居るには　おどろきにけり

月夜とて　獣《けもの》と同じ　見方《みかた》では
　　　なんとわびしき　限りなるかな

〝満月〟に感動しない（二）

日本ばかりではなく、世《よ》の中《なか》には「さまざまな人間が存在する」とつくづく感じた次第であるが、後述の如きタイプは迷惑至極と言わざるを得ない。

一、満月の夜には悪事を遣り度《た》く成る。
二、〝満月〟を悪用する。
三、悪友に誘われて終う。
四、悪事悪行が好き。
五、善い事なぞ考えたことも無い。

満月を　最上にして　夫《それ》ぞれの
　月が詩情を　浮かばせるかな
半月も　中《なか》々に良く　じっくりと
　眺め入るのも　楽しかりける
明け方《がた》に　東の空を　三日月《みかづき》が
　映《は》ゆる姿に　われを鼓舞《こぶ》して

「星の降る」ような夜

星の降るような夜という表現は、なんとも　情を掻き立てるではなかろうか。
一、快晴である。
二、星が数限りない。
からこそ起きるのだ。
一、奥深い山：深山《みやま》。
二、田舎《いなか》。
三、都会。
四、繁華街。
並べてみたが、やっぱり最も相応《ふさわ》しいのは㊀と思う。

星の降る　夜《よる》こそ将《まさ》に　心から
はればれさせて　楽しかりける
降る如く　星が輝く　深山《みやま》なら
ほんに叙情を　掻き立つるかな

表現描写は〝色々〞だ

テーマの如く、感情の心的状態を「表現描写した」ところの文芸作品にはいろいろ在ることに気が付いたので、其の見本を表示してみたい。

一、心にうつりゆく。↓ 美しく著《あらわ》している。

二、脳に浮かびくる。↓ 自然すぎる感《かん》。

然《そう》して、是《これ》は次に由《よ》り変化するようだ。

一、時代。

二、作者。

三、作品。

亦、後述に依り〝影響〞を受けた模様と思われる。

一、身分・境遇。

二、家柄。

三、個性。

四、流行。

桜を切る馬鹿　梅切らぬ莫迦

と〝古《いにしえ》〟（大昔）から言い伝えられて居るのだが。

一、桜：枝を切ると木が衰弱して芳《かんば》しくない。

二、梅：むだな枝を切れば花実が沢山つくから良い。

是《これ》は、長期に亘《わた》る体験に基づく〝樹木への思い遣《や》り〟が生んだところの〝江戸の諺《ことわざ》〟で知れわたる。

現在、東京の豊洲に住んでいるが、歩道の並木（街路樹）である〝桜の木〟を、都から依頼された植木職人が、必要以上に「除去する」ことは、たいへんに許し難い。

元来、大都会では、

一、街路樹としては相応《ふさわ》しくない。

二、多数在る処の公園が相応しい。

東京が　街路整備を　為《す》る時に
桜をすべて　とりのぞくかな

桜への　優しき心　ほんに無き
人が多くて　かなしきかぎり

人々を楽しませる仕事

テーマの如きことを、後述のように遣り熟《こな》すのを見た。

一、精魂《せいこん》を込めて。

二、いと楽しげに。

三、活気《かっき》が満《み》ちる。

感動した対象である当事者は、

一、オーケストラのコンダクター。

二、演奏者。

人びとを楽しませる仕事としては、

一、音楽。

　1、器楽。

　2、声楽。

二、演劇。

三、競技。

四、芸術作品としての絵画。

人々が　其の芸術に　惚れるこそ
精魂こめる　楽しさありて

鳥というのはかわいい

最近、おもしろいことに気づいた。少数でもよく見るのがいることから、左記は違う。

一、数が多い。

二、よく見る。→屡々《しばしば》見かける。

然《そう》して、次を観察した。

一、数が多い鳥：すずめ。

二、よく見る鳥：からす。

日本に居る鳥を列挙すると、

一、在来種で一般地域→からす・すずめ・はと・とび・かもめ・う・かも

二、在来種で特定場所→にわとり・たか・うぐいす・こまどり・さぎ・きじ・おしどり・きつつき・きじばと・めじろ・めぐろ・むくどり・しじゅうから・きくいただき

三、外来種ペットが野生化→いんこ

四、渡り鳥→つばめ等の数種類が飛来。

五、日本に棲みついた渡り鳥→つぐみ

六、観賞用に飼養する外来種→文鳥《ぶんちょう》

日本人と雀《すずめ》は共存する

太古から、日本人と馴染《なじみ》ぶかく親しんでいる鳥ならば、雀《すずめ》であろう。其の訳は、
一、此の上なく親しむ。
二、人に逆らうことが無い。
三、人を襲ったことが無い。
四、人家の直ぐ近くに住む。
五、食べ物を与えるなら寄って来る。
六、害さなければ人を避けない。
七、嘗て人は雀を害したことは無い。
八、日本の口承文学である民間説話に題材として登場する。
昔ばなしの〝舌切り雀〟は懐かしい。
前述からは、猫や犬に似ている面があってかわいい。

刈り込みで　隠れる場所が　無い為《ため》に
すずめが去るは　寂しきかぎり

犬と猫は好きなんだが

小生《しょうせい》は、次の動物は殊《こと》に好《この》まない。
一、からす。
二、国産の馬…外国産より小さいが概《がい》して気が荒い。
三、害虫《がいちゅう》。
四、こうもり。
五、洗熊《ぐま》。
六、ブラックバス。

・・・

㊀雛《ひな》を守るためらしく「襲《おそ》って来た」ことが有るため。
㊁小生が「頭を撫《な》でようとした」ら噛《か》まれそうになった。
㊂好《この》む人なぞいないけれども。
㊃昔から人々に嫌われている。
㊄大きく成ると手放《てばな》す飼い主が多いため人々に迷惑《めいわく》がられる。
㊅従来《じゅうらい》からいる国産魚が喰《く》われる被害が多発しているそうだ。

高山《こうざん》で咲く花は逞《たくま》しい

高山《こうざん》で　咲く花の如《ごと》　逞《たくま》しく
　我も生きよう　直《す》ぐに誓《ちか》いて
避難《ひ》から　閑《ひま》で体を　持て余《あま》し
　其れでも困り　笑い合うとか
折角《せっかく》の　人生ならば　難《なん》に耐《た》え
　頑張り抜いて　勝利しようと

〝長寿のできる人〟と言えるタイプは、

一、遺伝での長寿。
二、伝染《でんせん》ウイルスにも強い。
三、病魔《びょうま》が逃げるほど。
四、運《よ》好く事故に遭わない。
五、殺傷されない。
六、自殺をしない。

第一章　〝一度の人生〟だから

〝一度の人生〟だから

人生は一度っきゃない。一度の人生だったら、良いことを為《し》て生きてゆこうと。然《そう》して、満足して死んでゆけたらと思うけれども、果《はた》して其れはできるだろうか？

いろいろと考えたところ小生ができることは、

一、知る限りの正しい情報を発表する。

二、日本に嫉妬《しっと》する国の嘘《うそ》を暴《あば》く。

三、前述を日本に敵対しない国へ公表する。

前述は、日本の急務と考えている。

世界には、常人では考えられない民族が存在するもので、

一、嫌う民族を作り話の大嘘で口撃する。

二、其の内容が、

1、全てでたらめ。

2、劣等性のほざき其の物。

三、当該民族は国の内外へ喧《けん》伝する。

四、考えられない〝異常な人達〟は、

1、首謀《しゅぼう》者。
2、立案者。
3、煽動《せんどう》者。
4、群衆《ぐんしゅう》。

イ、誹謗中傷の目的は知る。
ロ、優秀な日本人は大嫌い。
ハ、騒ぎが根っから大好き。
ニ、付き合いから参加する。
ホ、強制から遣《や》らざるを得ない。

にっぽんが　不利に成るなら　何事《なにごと》も
遣《や》るのにいつも　加《くわ》わりけりな
秀《ひい》でたる　にっぽんじんは　嫌いにて
良いうわさなぞ　聞きたくもなし
自分らが　変質者とは　知らずして
悪事ばかりを　見せ付けるかな

人生は良いものと思う

テーマの如く、心底から考える人は存在するのだろうか？
所で、良いものとは思えずに死んでゆく人は、「不運だった」と思うのでは。然して、
一、頭がよくないのを自覚はしている。
二、家柄の所為《せい》と考える。
三、境遇の所為と考える。
四、他人の所為と考える。
五、世間の所為と考える。
此の結果、次の事態が生ずるだろう。
一、苦しみ悩む。
二、嘆き悲しむ。
其の果てに、次を遣らかす場合もあるから迷惑至極である。
一、自殺を図《はか》る。
二、殺傷事件を起す。
三、他人のペット・売却用生物などを殺す。

四、変態行為に励む。
五、金銭に係《かかわ》る犯罪を起す。
六、他人の所有物を損壊・放火に興ずる。
1、文書。
2、什器（家具・道具など）。
3、建造物（建物・艦船など）。
4、芸術作品など。
5、食品（飲食物・食料品など）。
6、其の他あらゆる所有物。
前述の当事者は、軽重の差はあれども変質者または異常者と看做《みな》される。

人生は愉快《ゆかい》なものなり

世《よ》の中には、「もう一度、生まれてきたいなあ」と真剣《しんけん》に考え望んでいる人なぞ在るのでしょうか？　次の二種類が想像できますが。

一、もう一度生まれ度《た》い。
二、二度と生まれ度くない。

楽観的タイプの㊀は、

一、苦《く》あり楽《らく》ありの人生だが実に愉快《ゆかい》だ。
二、おもしろかったので再度《さいど》味わい度《た》い。

悲観的タイプの㊁は、

一、何を為《す》るのも苦しく感じられて終《しま》う。
二、辛《つら》い事《こと》が目立《めだ》ちもう味わい度《た》くない。

なんと言っても、楽観的な人こそ〝賢《かしこ》い〟と信じます。

世《よ》の中《なか》は　苦楽《くらく》が共《とも》に　在ってこそ
変化《へんか》に富《と》んで　おもしろきもの

人生を価値《かち》あるものに

けだものと違って人間というのは、物心《ものごころ》がついてから「大きくわけて〝二《ふた》つの道〟へ別れて行く」と観察しています。

一、悪。

二、悪では無い。

其《そ》れは、生きてゆくために他《ほか》ならない。然《そう》して、後述《こうじゅつ》に就《つ》いて確信します。

一、悪のケースでは「やる気を持つ」可《べ》きでは無い。

二、悪ではないケースでは「情熱と踏《ふ》ん張りを持つ」可《べ》きである。

ただ残念ながら、健康に左右されるので、至難《しなん》ではあるけれども。

　　人生は一度であるから大切に生き満足して死のう

其れこそ、人間としての〝正しい生き方《かた》〟と考える。

唯《ただ》、ぼーっと生きているのでは「勿体《もったい》無い」と思う。

　　不自由でも　頑張《がんば》る人の　映像に
　励《はげ》まさるほど　心打たれて

人生は苦楽の連続なり

何分《なにぶん》ともに小生《しょうせい》は高齢ですから、其のうち「書けなくなる」かも知れません。ですから、思うがままに「書ける」時に書いておき度《た》いと願っています。然《そう》して、極《きわ》めておこがましいのですが、左記を望んでいます。

一、日本人ゆえ日本国の為《ため》に尽力《じんりょく》する。
二、小生も一員《いちいん》ゆえ著作《ちょさく》で頑張ります。
三、小生の作品も御一読《ごいちどく》いただき度《た》く。

実際の業務時では、
一、机上《きじょう》の学問のみは通用《つうよう》しなかった。
二、上司《じょうし》や先輩《せんぱい》から苛《いじ》められた。
三、業務の苦難《くなん》には耐《た》えられた。
四、人とのやりとりは難《むずか》しいが楽しくもあった。

人生は　たった一度の　故《ゆえ》にこそ
能力活《のうりょくい》かし　頑張《がんば》りましょう

敵があると長生きする

テーマの如く、敵の在る人は無い人よりも長生きするもの。其の〝敵〟とは、
一、競争相手。
二、困難。
三、境遇。
四、不幸・不運。
五、災害（異常な自然現象・人為的原因に由る被害）。
長生きする人というのは、前述に対して、
一、努力を惜しまず頑張る。
二、絶えず考えて行動し最善・最高の方法を採る。
三、不遇には奮起する。
四、不運などにはめげない。
五、何事も留意して行動し、絶対に油断をしない。
前述の理由で、無敵の人より「長生きする」結果と成る次第である。
然して、〝敵〟がいないと人間は、

一、弱くなる
二、頑張らない。
三、注意を怠る。
四、油断を為《す》る。
五、自滅となる。↓自分の行為に因り自身を滅ぼして仕舞う。

無敵こそ　実の所は　大敵で
　　けして油断を　為《す》ること勿《なか》れ
世《よ》の中《なか》の　不誠実むけ　怒るのは
　　自分自身を　元気づけたり

人間に生《うま》れたからには

折角《せっかく》、人間として生れることができたからには、
一、ぼーっと生きていない。
二、ペットとは格段の差が有る生き方《かた》。
三、プライド（誇り）を持って生きる。
四、後悔《こうかい》の無い人生を生きてゆく。
五、終焉《しゅうえん》時には満足感を持って死ねる。
前述の生き方《かた》を痛切に思うように成ったのは、余りにも犯罪事件と悪党とが多いということからであります。〝酷《ひど》い現況〟は、
一、心身共《とも》に醜悪な生きざま。
二、悪事悪行《ぎょう》を平然と遣《や》らかす。
三、普通人からは想像を絶する。
四、〝昔のワル〟とはレベルが違う。
五、〝悪くない点〟は皆無。
貴重な一生《いっしょう》に心を励まして陽気にゆこう！

人生は貴重なものなり

テーマのように、此のところ熟々《つくづく》と考えて仕舞う。
〝人生〟を振り返れば、長かったのに短く感じるのが実に奇妙奇天烈《きみょうきてれつ》なのだ。
然《そう》して、さまざまなことをつらつら思い出した。
一、得《とく》だったこと。
1、健康体。
2、陽気なタイプ。
3、他人に悪さを為《し》ない。
二、損だったこと。
1、妬《ねた》まれた。
2、意地悪された。
3、苛《いじ》められた。
4、邪魔《じゃまだ》立てされた。
前述の㈡により、余計な辛い苦労をさせられたけれども、
一、前述の㈠が絶大な効果を齎《もたら》して頑張れた。

二、〝苦あり楽《らく》あり〟の精神で邁進《まいしん》した。

三、現在も〝貧《まず》しい〟乍《なが》ら生きてゆける。

人間に生《う》まれてよかった

標題の如く、「人に生れてよかった」と考えている人は「仕合わせである」と思うのだが。人に生れたということを「よかった」と「よくなかった」とでは、雲泥《うんでい》の差《さ》が在ろう。

よくなかったというケースでは次の人を散見《さんけん》する。
一、ほかの動物がよかった。
二、飼《か》われない動物がよいけれども。
三、全《すべ》ての動物がよくない。
四、常《つね》に悩《なや》む模様《もよう》。
五、自殺を望んだり決行したり。
よくなかったと考える〝原因〟を大別すると、
一、生まれて以来〝不仕合わせ〟続き。
二、突然《とつぜん》〝不仕合わせ〟に遭遇《そうぐう》。

人として　生れたことは　縁《えん》だから
プラス思考《しこう》で　進みましょうよ

価値ある人に成ろうぜ

人間というのは、動物のなかでも格別な存在なので後述が大切と考える。
一、生《う》まれたからには貴重な人生《じんせい》を価値が在るべく有意義に生き抜く。
1、自分自身が決意して行動するなら申し分ないけれども。
2、教えを受けて気づくのも重要である。
二、有意義に生き抜くための具体的行動は、
1、生計《せいけい》を立てるのが先《ま》ず肝要《かんよう》。
2、当然真面《まとも》な仕事に励む。
而《しか》るに、次の人々は全く感心しない。
一、生れたことを不満に思う。
二、有意義に生きたいと思わない。
1、堂々と悪事を遣《や》らかす。
2、悪行に加担《かたん》して仕舞う。
3、知らずに悪事を遣《や》っていた。
然《そう》して後述の人間は基本的に価値が皆無《かいむ》と断言できる。

一、人間に生れた感動が無い。
二、人世には魅力が全く無い。
三、生れない方が良かった。
四、出生《しゅっしょう》して損をしたと思う。
五、あらゆる人間が敵と思う。

長生きしてやろうぜ！

テーマでは、大きく出たけれども。鼻息は荒いのだが…気負いどおりにゆくとねえ。
孰《いず》れにしても、頑張れる助力要因としては、

一、精神・肉体が壮健である。
二、あらゆる災難に遭遇《そうぐう》しない。
三、物凄《ものすご》く注意ぶかい。
四、幼時からウイルスには強い。
五、居住の地域・施設等を選択《せんたく》する。
六、旅行などには充分配慮《はいりょ》する。

長生《ながい》きを　目指《めざ》すことこそ　一生《いっしょう》で
　人でなければ　不可能なりや
再びは　生れてこない　人間は
　此の一生を　だいじにしよう
人生《じんせい》は　たった一度の　貴重なる
　ものなる為《ため》に　努力《どりょく》するかな

長寿は万人の願望か?

長生きを望むのが当然と思うのだが。
年を経《へ》るたび、後述の願いが湧《わ》いてきた。
一、できるだけ病気に罹《かか》らない。
二、災難に遭《あ》わない。

亦、欲ばって、
一、家族が早く死なない。
二、勿論病気にならない。

右のような願望を述《の》べるのも、
一、自信を持っている為《ため》。
二、大病を患《わずら》っていない。
三、重い持病《じびょう》が無い。
四、軽い持病：花粉症のみ。
五、家族全員がほぼ同じ。

長寿を応援する方法は

常人ならば、長生きしたいと思うけれども、それを応援し加勢《かせい》して呉《く》れる方法というか、手段《しゅだん》を思い付いた。

一、日常の雑事を熟《こな》す。
二、趣味を楽しく励む。
三、努《つと》めて頭脳を使う。
四、骨身《ほねみ》を惜《お》しまない。
五、栄養物を適度に摂取《せっしゅ》する。
六、適切な運動を為《す》る。

而《しか》るに、長寿を妨《さまた》げる振舞《ふるまい》というのは、

一、ぼんやりと暮らす。↓意識がぼうっとしているのが殆《ほとん》ど。
二、怠《なま》け放題。
三、考えるのも遣《や》るのも悪事《あくじ》。

世間には、前述を遣《や》らかし暮らす者もいるので驚く。

幸福に感謝しましょう

現今の日本人は仕合わせと思う。
一、日常を平和に暮らせる。
二、争いごとを避けられる。
三、悪事を嫌う。
四、無報酬で救助する行政。
五、各人が迷惑を慎《つつし》む。
但し、前述を一部の人が乱している。
一、自分さえ良ければいい。
二、考えるのも遣るのも悪事。
三、善人ぶるが悪事に励む。
四、自分を使う人ゆえ指南もできない。
五、奸知《かんち》にたけて逃げるのは上手。
六、裁判でも弁護士の応援で逃げ捲《まく》る。

長寿を阻害《そがい》するものは

長寿を願っていても、或る日〝突発的要因《よういん》〟で阻害されることが起きるため、残念至極《しごく》である。すなわち、

一、自然災害。
二、人的事故。→惨事《さんじ》。
三、殺傷事件。
四、戦争・紛争《ふんそう》等。
五、本人の過失。
六、自殺。

㊄と㊅に就いては、左記のように、
一、自分の人生を終らせる
二、自分の生命を絶《た》つ。
ほど、後述の結果を齎《もたら》せる訳である。
一、勿体《もったい》ない。→不注意に因《よ》り。
二、浅はか。→思慮《しりょ》が足《た》りず考えが浅い。

㈠・㈡・㈢・㈣に就いては、典型的な突発的要因であるけれども、
一、自然災害は担当《たんとう》官庁と直接管理者の責任が問われる。
二、人的事故は事故発生の責任者が存在する。
三、殺傷事件は殺傷犯人が存在する。
四、戦争・紛争等は惹起《じゃっき》責任者が存在する。
亦、㈢に就いては、「誰でもいいから殺したい」という変質者がいるから困ったもの。

それに、㈣に就いても、〝争いでカネを稼《かせ》ぎ地位を得る輩《やから》〟がいるので困ったものである。

頭脳を使うことが必要だ

此のところ、首が痛くて廻せない症状である。「わんさとカネを持っていたら、違うんだろうねえ」と皮肉まじりで嘆《なげ》く始末《しまつ》。若い時分《じぶん》から健康そのものであったので、此の程度なのだろうが。そこで、真剣に考えた処、老化を防ぐ効果的方法としては、

◇努《つと》めて頭脳を使う芸術鑑賞が最適。

1、言語（詩・小説・戯曲・随筆など）。
2、表情（舞踊・演劇など）。
3、音響すなわち音楽（声楽・器楽）。
4　造形《ぞうけい》（絵画・彫刻・建築など）。

長いのが　短いよりも　本に良し
　人のいのちは　じつに分《わ》からず
歳《とし》とれば　体の不調　ここかしこ
　出ては消えたり　復《また》もあらわれ
救急の　警笛鳴らし　走り来る
　くるまの音に　ハッとするかな

満《み》ち足《た》りて　死ぬ死なざるは　銘銘《めいめい》の
　かんがえかたで　違うためなり
できるなら　満足裡《り》にぞ　死ねるのが
　「最高なり」と　願う此のごろ

不満が無い人はいない

不満というのが全く無い人というのは、此の世には存在しないと思うのだが。
然《そう》して、其の不満に就いては後述《こうじゅつ》を考えることができる。
一、悪人ではない人
1、積極的には不満を解消《かいしょう》しようと思わない。
2、意思は有るけれども方法が思い付かない。
3、とどのつまりは解消しない。
4 〝善意〟で動くから不満は残る。
二、悪い人
1、異常な方法で解消しようと思う。
2、其れゆえ悪事を企《くわだ》てる。
イ、相手・周囲の事情を心配せずに思い通《どお》りを望む。
ロ、悪行《あくぎょう》の支度《したく》を調《ととの》える。
3、実施する。

チャンスを持っている

総《すべ》ての人がチャンスすなわち絶好の機会を持っている。それは、実にバラエティー：多様性に富《と》むから、それを活《い》かさない手はないのだが、後述の二種類に分けられる。

一、関心が全く無い。

二、関心は有る。

1、能力が無い。

2、災害・災難などの妨害で潰《つぶ》れる。

3、活《い》かす。

石の上にも三年

との〝諺《ことわざ》〟が在るとおり、「困難の無い人生は在り得ない」ために辛抱《しんぼう》して頑張《がんば》ることが〝魅力ある人間〟と思うのだ。

苦《く》あれば楽《らく》あり

人生は　多難なるのが　必然《ひつぜん》と

心得るなら　乗り越えられて

機会まで　全《すべ》て捨て去る　自殺こそ

本《ほん》にもったい無しと思ほゆ

おとならしい人間とは

折角《せっかく》の人生ゆえ、人間は物心《ものごころ》（人情・世態などを理解する心）が付いた頃から、左記に就いて心の準備を整え着々と生きてゆく必要があると思うのだ。

◇ ひとつのビジネス：家業（実務）だけでは無く、ふたつ又は幾つかを「経験しておく」方《ほう》がよい。

と確信する。すなわち、後述のごとく、

一、社会に於いて最も正しい判断が可能に成る。

二、味わいぶかい人間に成長する。

三、誰からも尊敬される。

四、おのれの意見・主張に賛同してくれる。

五、実際の言動に対しても一切《いっさい》の反対などは無い。

唯《ただ》、次の妨害には困り果てる。

一、嫉妬心の強い者。

二、変質者。

社会と言うものの全容《よう》

世界を始《はじ》め社会というのは、〝ワル〟の大物たちが世《よ》のなかを取り仕切って居《お》り、おおかたの者たちが「扱《こ》き使われる」有様《ありさま》なのだ。

一、〝ワルの大物〟は、
1、利益を吸い上げる。
2、相当の動産を所有する。
3、相当の不動産を持つ。

二、おおかたの者達を区分すると、
1、充分に知っている。↓出世を目指《めざ》す。
2、少しは知っている。↓昇進を考える。
3、殆ど知らない。↓プラスに成るなら。
4、無知で烏合《うごう》の衆《しゅう》と呼ぶ群衆。

古代から　大物たちが　取り仕切り
それぞれがまた　争いにけり

〝三《さん》タイプ〟の人びと

戦国時代の士族《しぞく》で有名人である処《ところ》の、
一、織田信長《のぶなが》。
二、豊臣秀吉《ひでよし》（木下藤吉郎《とうきちろう》）。
三、徳川家康《いえやす》。
に関して、彼らならば「飼《か》っている」うぐいすに対する〝感情の一断面《いちだんめん》〟を、
一、㊀のタイプ↓啼《な》かねば、殺す。
二、㊁のタイプ↓啼かせてみせる。
三、㊂のタイプ↓啼くまで待とう。
前述の〝三《さん》タイプの譬《たと》え話《ばなし》〟が「昔から伝《つた》わっている」ことは、実際に然《そ》ういう人《ひと》びとが存在することに他《ほか》ならない。
だから、昔から「日本人はよく観察している」と感心せざるを得《え》ない。

いにしえの　観察力は　優秀で
たとえばなしが　真《しん》に迫《せま》りて

第二章　女性は男性よりも立派

女性は男性よりも立派《りっぱ》

天照《あまてらす》　大御神《おおみかみ》とは　尊崇《そんすう》の
〝かがみ〟となりて　敬《うやま》われたり

まだ幼少の頃、「女性は男性よりも偉くて強い上に貴《とうと》い」敬われている〝周囲の有《あり》さま〟を、まざまざと観察して来たもの。

女子の尻に敷《し》かれる男子

一流先進国には、女性の首相が出現しているけれども、日本では残念ながら政治家などの〝女性蔑視《べっし》発言〟が「いまだにとび出す」ぐらい、立ち後《おく》れているのに間違いはないため、到底《とうてい》〝無理〟と思われる。
日本を「一流と自負《じふ》したい」のだが、どうでしょうかねえ?

近辺を　見回すならば　男子より
女子は遥かに　おとなりける
実質で　女子は男子に　差を付けて
引き離すほど　おませなるかな

阿呆者《あほうもの》のスキャンダル

たいへん残念であるけれども、〝自己中《ちゅう》〟と呼ばれる処の強烈な自己中心主義者が甚だ多いことに気が付いた。人間というものは「自分を第一に考える」のが普通だが。〝桁《けた》〟が外《はず》れているタイプは絶対に許せないのだ。

一、自分の利益しか考えない。
二、自分以外はどうでもいい。
三、異常性が目立ち迷惑を掛けどおし。
　　金《かね》の切れ目は縁《えん》の切れ目

という〝諺《ことわざ》（教訓・諷刺《ふうし》）が有るが、よく言い当《あ》てて居《お》り表現しているではないか。其の後《ご》は「どう成った」か知る由《よし》も無いが。次は「言える」と思う。

　　バカとワルとは同じヤツ

すなわち、阿呆《あほう》はみんな〝悪事悪行《ぎょう》〟に精を出して憚《はばか》らない。堂々と臆面《おくめん》も無く。小児《しょうに》時代から観察しているけれども、間違い無い事が「厭《いや》に成る」くらいである。

　世《よ》の中《なか》に　ワルの不在が　無い事は

人《ひと》びとにとり　不幸なりけり

〝変質者〟に就いては

長年《ながねん》の観察から、社会というか世界には「厳密に言うと変質者が多い」処の嘆《なげ》かわしく悲惨《ひさん》な情況が続いている。此のことは、極めて善良な正義漢ならびに正常人が少ない訳である。其のため、いわゆる〝変な人〟が起《おこ》す事件のニュースが絶《た》えない。

一、放火。
二、損壊。
三、殺傷。
四、占拠《せんきょ》占有。
五、奪取掠奪《だっしゅりゃくだつ》。
六、大規模な占領。

世《よ》の中《なか》は　思いも寄らぬ　事が起き
おちおち為《し》ては　居《い》れぬが悲し
こそこそと　亦《また》だい胆《たん》に　不倫《ふりん》なぞ
為《し》でかす奴は　見ぐるしかぎり

善人おるが嬉しき限り

渡り鳥のうち〝害鳥たち〟は、たいへんな悪事を遣《や》らかし日本を去って行くけれども、〝人間のワルたち〟は、去って行くことはない。

一、益々腕を磨《みが》いて上達する。

二、次から次に堂々悪事を重《かさ》ねる。

三、殆《ほとん》ど捕《つか》まらない。

然《そう》して、〝大物のワルたち〟が、此の社会を取り仕切って〝何もわからない者たち〟が「扱《こ》き使われる」という訳である。

本当の善人なぞ存在しないのか？

歴史が始まって以来、「正真正銘《しょうしんしょうめい》の善人と言える」人はいないのではないだろうかと、思ったけれども、テレビドラマの〝相棒〟に登場する処の杉下右京のごとき〝聡明かつ善良な正義漢〟が実際にいるのを確認できたのでびっくりした。

微《かす》かなる　希望を持ちて　探すなら
真の〝善人〟が居て　嬉しき限り

善行者にびっくり為《す》る

善行者の振舞《ふるまい》にびっくり

悪人らの遣《や》らかす〝事件〟には「またなぁ…」とさして驚かないけれども、滅多《めった》に見聞《けんぶん》できない処の〝善行者〟には大《おお》いにびっくりして仕舞《しま》う。然《そ》う言えば、人間は生まれて以来ずーっと「善《よ》い事を為《し》ない」もの。だからこそ、目を瞠《みは》るのだ。実《じつ》に「情《なさ》け無い」ですよねえ。

悪行《あくぎょう》と　知りつつ遣《や》るは　愚《おろ》かなり
想い出すのが　悪事だけとは
物事《ものごと》を　行《おこな》う前は　深慮《しんりょ》して
のちに勇躍《ゆうやく》　とび立つ可《べ》きや
死ぬ前に　何か一《ひと》つは　善《よ》い事を
願いながらも　時は過ぎ行き
善い事を　息《いき》が在る内　遣《や》らねばと
我みずからへ　発破《はっぱ》かけたり

真《しん》の善人《ぜんにん》はいないのか

小生が幼少時から観察した処《ところ》、残念乍《なが》ら「悪《あく》が善《ぜん》に勝《か》っている」と思う。
一、無意識乃至《ないし》意識的に悪《わる》いことを遣《や》っている…ルール違反など。
二、生まれて此のかた悪い習慣許《ばか》り身に附《つ》けている。
三、表面は恰《あたか》も〝善人〟の如く見せ度《た》いと望む。
四、自分自身が気が付かない内《うち》〝悪事〟を為《し》て仕舞《しま》う。
五、経営者・上司《じょうし》が〝不当な事〟を強いる。
六、悪事悪行《じぎょう》は後《あと》を引く…楽しいと思うヤツもいる。
七、其の都度《つど》〝悪質のレベル〟が上がっていく。
八、自分さえよければ他人なんぞどうでもいい。
九、テレビ報道で役員等《ら》が並んで一斉《いっせい》に頭を下げるのを幾度《いくど》見ただろうか。
十、ニュースでは悪人たちの行状《ぎょうじょう》が曝露《ばくろ》されている。
十一、警察二十四時のドキュメンタリーは人気《にんき》が有る。
十二、テレビドラマでも刑事物《もの》は真《しん》に迫《せま》っている。

独身を貫《つらぬ》くのがいるが

テーマの如《ごと》く、独身を一生貫き通す人がいるけれども。個人差で好きずきであるから。
当該者に就いては、後述が考えられる。
一、自分自身のことで精一杯。
二、孤独を好む。
三、異性を嫌う。
四、人間よりもペットが好き。
五、自己愛のたぐい・・・。
六、ビジネス本位が最上。
七、一般とは違う信条に由《よ》る。
八、通常ではない〝変わった事〟を望む。
九、性的快感が無い体質。
十、性欲が全く無い。↓性交・自慰（手淫・せんずり）はせず。
十一、男女の深い交際・交接などは考えたくも無い。

一生は短いものである

テーマの通り、一生（人生）は短いために後述を実行しておいた方が「よい」のではなかろうか。一番上等である人間なのだし。但《ただ》し、悪事悪行《ぎょう》は絶対禁止。

一、さまざまなこと。
二、常人（普通一般の人）が遣《や》ること。
三、男女とも快感を得《う》ること。
四、かわゆい子供を得ること。
五、子供を愛し育てること。
六、いろいろな苦労を重《かさ》ねてみること。
七、学生生活を味わうこと。
八、社会生活を味わうこと。
九、芸術を楽しむこと。

物心《ものごころ》　つきし頃から　人びとは
まともなことを　遣りこなしけり

わが儘《まま》なのは厭《いや》だねえ

利己《りこ》主義者によくても、
常人《じょうじん》はマイナスとなる。
利己主義者というのは、〝利己主義〟が昂《こう》ずれば昂ずるほど〝異常性〟が目立つ。主《しゅ》たる行状として挙《あ》げれば、

一、わが儘勝手《ままかって》にふる舞う。
二、他人《たにん》の迷惑《めいわく》は顧《かえり》みない。
三、自分に不利益なことを望まない。
　1、献身《けんしん》的な奉仕とか。
　2、あらゆる支援など。

利己主義は　冷酷無比《れいこくむひ》で　味気《あじけ》なく
　此の世には無き　ほうがよきかな
わが儘《まま》の　強き人ほど　厭《いや》なもの
　かかわり度《た》くは　ないものなるや

ワルをワルと言わない

近頃は、何故《なぜ》なのか？　悪人《あくにん》をワルと言うのをためらう。変《へん》てこりんなる〝時世《じせい》〟と成ったものだ。

一、自分自身も〝悪《わる》〟と同類。
二、〝対象の善悪〟が理解できない…低能。
三、〝善悪〟程度の判断がつかない…脳足《のうた》りん。
四、批判・非難等《とう》は小心《しょうしん》（臆病《おくびょう》）ゆえできない。
五、「わかっている」けれど言わない…無責任。
六、一切《いっさい》「係《かかわ》る」事は為《し》たくない。

観察して言うならば、㊄と㊅のタイプが多い。

悪者《わるもの》と　決《き》め付けるのは　恐《おそ》ろしく
　人まかせにて　無責任なり
批判とか　非難するのは　自信無く
　おこがましいと　恰好《かっこう》付けて

脳味噌《のうみそ》が足《た》りないです

「もっと頭を使え！」
という叱責《しっせき》を聞いたことがある。それにしても人間は、
　一、頭をよく使う人。
　二、然《そ》うでもない人。
に分《わ》かれるが、〝あらゆる結果〟に於《お》いて、㈠のタイプは格段の差で良いほか、
　一、使うと脳の質が向上。↓　いくら使っても疲れない。
　二、使わないと質が劣化《れっか》。↓　使うだけで疲れを感じる。
㈡のタイプは、実は疲れてないのに〝使わないのが楽《らく》〟の考えから来ていること。
思い込みとは恐ろしく〝真実《しんじつ》〟からは程遠い。
脳を働《はたら》かせて、活発化させる。↓　頭が良く成《な》る。
働かさないで、休ませて仕舞う。↓　頭が悪くなる。

　　脳味噌の　不足を正《まさ》に　補《おぎな》えば
　　　頭が良くも　成りぬるものぞ

異常《いじょう》なのが増《ふ》えている

海を隔《へだ》てた世界の国々だけではなく、日本でも〝異常なる変質者〟が殖《ふ》え続けているのには、大変がっくりとした。此の輩《やから》は、次の点でまったく始末《しまつ》が悪いのだ。

一、当人《にん》は異常とは思っていない。
二、寧《むし》ろ優秀と称して威張《いば》る。
三、変質が増すほど質《たち》が悪くなる。
四、周辺の人々《ひとびと》へ多大な迷惑《めいわく》を掛ける。
五、当人の〝末路《まつろ》〟は惨《みじ》め其の物。

孰《いず》れにしても、此の輩《やから》はいわゆる〝変質者〟であって、軽薄《けいはく》且《か》つ向こうみずの極めて異常なる姿を、一般人へたっぷりと見せ付けて呉《く》れるのだ。

以前より　異常なるのが　増加して
　呆《あき》れが礼《れい》に　来るくらいとか

外《と》つ国《くに》の　変質者らと　競《きそ》う程《ほど》
　吾《わ》が国とても　凄《すご》さ増《ま》したり

悪口《わるくち》を言うのが大好き

広い世間《せけん》では、子供の頃から「悪口をたたく」のが習慣《しゅうかん》になった人が居る。
其の原因は、
一、自分は優秀でないと自覚して仕舞った。
二、自分より遥かに優秀なのがいるのに気付く。
三、何とも腹立たしくてしょうがない。
四、気になって我慢できずやっつけるため悪口をたたく。
理由としては、
一、溜飲《りゅういん》が下がる↓気分が少しは落ち着く。
二、〝悪口〟しか考えが浮かばず能《のう》が無い。
実際行動では、
一、正面を切る勇気が無いから陰口《かげぐち》となる。
二、内容は嘘《うそ》だらけ。
三、勘違いとか誇張《こちょう》ばかり。

けちを付《つ》け貶《けな》し惚《ほう》ける

世間《せけん》には、常人というか普通一般の人が考えたことも無い行動を取る人が存在しているものである。すなわち、彼の目的は、

一、非難《ひなん》される〝欠点・短所・汚《お》点・失敗〟をそらすため。

二、自分よりも優秀で善良なのを「目立たなくする」ため。

三、いうなれば「けちを付けて貶《けな》し惚《ほう》ける」ため。

然《そう》して、彼の〝あられもない（とんでもない）〟遣《や》りかたは、

一、悪口雑言《あっこうぞうごん》の言い度《た》い放題。

二、其の内容は〝嘘《うそ》〟ばかり。

三、捏造《ねつぞう》した物を人目《ひとめ》に曝《さら》す。↓無《な》かった事柄《ことがら》が然《さ》も在った如《ごと》く。

世《よ》の中は　怪訝《けげん》な人も　居るもので
先《ま》ずはおどろき　笑って仕舞《しま》う
変人《へんじん》の　取る行動は　愚《おろ》かしく
想像をまさに　絶《ぜっ》するものぞ

人殺《ごろ》しやら自分殺しも

先日、「自殺も〝殺し〟の一種だ」と言う〝解説〟を聴いたけれども、（それも、そうだなあ。自分を殺すんだから……）と考え込む始末《しまつ》。

其れにしても、ばかげて〝自殺が多発している〟との由《よし》。〝人身事故〟というのは電車への飛び込み自殺のことで、これは駅へ多大な面倒《めんどう》を掛けることになるらしい。

とにかく、無理に死んで迷惑《めいわく》を掛けることは、〝殺人に次《つ》ぐこと〟として取り扱っても不思議ではない。いずれにしたって、見ても聞いても〝厭《いや》な事件〟に違いない。

従って、耐《た》えられない事件としては、

一、憂《う》さ晴《ば》らしの殺人。

二、自暴自棄《じぼうじき》での自殺。

自《みずか》らが　憂《う》さ晴《は》らすため　人を殺す
この迷惑《めいわく》は　きわまりけるな
自棄糞《やけくそ》に　やけのやんぱち　阿呆《あほ》らしや
一度の一生《いっしょう》を　だいじにせんと

他人の悪い真似《まね》を為《す》る

或る有名な人の自殺に関する事情に就き「判断した」件を述《の》べたが、小生としては「自殺を肯定《こうてい》した訳《わけ》ではないので、勘違いしないで頂き度《た》く。

ニュースに依《よ》ると、自殺事件が多発している。是《これ》は何故《なぜ》なのであろうか？〝小生の推察〟では、

一、人間の行動として古来《こらい》存在する。
二、深く考慮しない突発《とっぱつ》的思い付き。
三、他人がやるからとの安易《あんい》な行為。
四、人々《びと》に釣《つ》られて後悔《こうかい》せずに遣《や》る。
五、一切《いっさい》を投げ捨《す》て度《た》いという思い。
六、或る有名人たちを真似《まね》て仕舞う。
七、〝前述〟のうち満《み》ち足りて遣《や》る。

愚《おろ》かなる　人々は皆　真似《まね》をして
満《み》ち足《た》りるのが　多きものかな

自殺しようと為《す》る人へ

近いうち自殺しようかと悩んでる人へ伝え度《た》いことがあります。ぜひとも、「耳を傾《かたむ》けてくださいますよう」望みます。

一、人生は甚《はなは》だ貴重《きちょう》ゆえ価値《かち》が有る様《よう》に生《い》きる。
二、自己は二度と生まれてこない。
三、「絶対に」と言うのは此のことにふさわしい。
四、自殺というのは非常に痛いこと。
五、生きる苦《くる》しさの方《ほう》が痛くない。
六、苦しさが在ってこそ楽しさが増《ま》すもの。
七、楽しさのみでは楽しさも感じなくなる。
八、楽《らく》なこと許《ばか》りを望めば限《かぎ》り無く怠《なま》けて仕舞《しま》う。
九、怠《なま》け者《もの》はダメ人間として嫌《きら》われる。
十、苦《く》も有り楽《らく》も在るのが真《しん》の人生《じんせい》である。

頑張《がんば》って生きてゆこうじゃないか

自殺するのは悲しいが

以前、かなり名の知れた人びとが自殺したので、不思議に思ったものだが、考えてみたところ、次の事情が判断できた。

一、老《お》いたので今までのようにできなくなった。
二、前述のことが何とも口惜《くや》しくて仕方がない。
三、其のために〝プライド〟が許さない。
四、結局は今までの実績《じっせき》などは偽《いつわ》りと見做《みな》される。
五、どうしても「遣《や》り度《た》い」が病身《びょうしん》になって仕舞った。
六、全《すべ》ての不満を「断《た》ち切る」のは自殺しかない。
七、〝華《はな》やかな思い出〟だけを抱《いだ》いて死んでゆき度《た》い。
八、冥土《めいど》でも〝華《はな》やかな心〟で在り度い。

以上が、該当者の〝望み〟であると考察するに至った。

人々《びと》の　望む心は　激しくて
時には死をば　選《えら》ぶも在りて

変質者は〝遺伝《いでん》〟から

現実問題として、変質者と呼び度《た》い人びとは、該当者《がいとうしゃ》全員が、
一、自分の言動は正しい。
二、すばらしい人だから。
と思っている。彼らは、遺伝に依る現象からの人間ゆえ〝変質者〟と呼ぶのが正解で、調査結果は其の完璧《べき》さに唸《うな》って仕舞う。「バカに付ける薬《くすり》は無い」というけれど。
一、まともな人からはいて欲しく無い。
・・・
1、顔を見たく無い。
2、声を聴《き》きたくも無い。
3、ニュースも知り度《た》く無い。
4、噂《うわさ》をしたく無い。
二、変質者自身は真相《しんそう》・真実を知らない。
変態は　自身すべてが　正常で
沉《ま》して遺伝と　思わざりけれ

〝認知症〟に関しては

悍《おぞま》しくて哀《かな》しい認知症に就いて、左記のごとく分類してみた。
一、生涯を通じ患《わずら》わない。
二、生れたら病《や》んでいた。
三、突然裡《り》に起きる。
㊁は、低能者と判別しにくい。
㊂は、発病後からの死が早い。
然《そう》して、〝認知症患者〟は次のとおり、
一、長寿を全《まっと》うできない。
二、患者の言動は常人と違う。↓気づかない人もいる。
ちかごろ、認知症と言っているのを、一昔前《ひとむかし》では〝耄碌《もうろく》とか老《お》い耄《ぼ》れ〟と称していたのを想い出した。亦《また》、昭和時代に聞いた話では、
◇ 年寄りが眼鏡を懸命《けんめい》に探《さが》しているから見ると、掛《か》けていたのを「額《ひたい》の方へ上げていた」状態であったそうである。

アブノーマルな人たち

世間《せけん》には、アブノーマル（変《へん》）な人が多いのには驚いて仕舞う。変《へん》な人とは、
一、いわゆる変態。
二、いぶかしい・おかしい。
三、正常ではなく病的。
四、我儘《わがまま》。
五、幼時から思い通《どお》りに成り過ぎていた。
〝体験〟からなので「なまなましい」が、
一、うるさく付きまとう。
二、断《ことわ》ると意地悪《いじわる》される。
三、労使関係では面倒で厄介《やっかい》。
四、執念《しゅうねん》ぶかい。

　同性に　愛を寄せられ　困惑《こんわく》す
拒否《きょひ》をするなら　意地悪されて

認知症にならないで！

近頃は、〝認知症患者〟の噂《うわさ》をしばしば見聞する。厭《いや》なものだ。悲しいことだ。以前は、取分《とりわ》け「此の患者を知らなかった」ものだが、たいへん気になって心配でしょうがないのだ。斯《こ》ういう病気が「なかったらなあ」と思って仕舞う。聴くところに依《よ》れば、罹《かか》ったなら「長生きはできない」ようである。なんと悲しいことではないか。侘《わび》しい限りだ。

だから、はっきりと認めることができるうちに、是非とも遣《や》らねばならないこととか「遣《や》り度い」ことなどを遣っておくのが肝《かん》要だと考えるようになった。今まで、其れほどは考えていなかったけれども。時代が変わると、考えかたさえど偉く変わるんだなあ。

生活は厳しいけれど励まし合って楽しく生《い》きよう。

人生は　なんと苦しくて辛《つら》きもの
〝終幕《しゅうまく》〟ぐらい　笑っていこう
認知症　罹《かか》り死ぬとは　哀《かな》しいぞ
〝病人〟を見て　侘《わび》しさつのり

不倫《ふりん》こそが許《ゆる》しがたい

不倫という〝裏切《ぎ》り〟に就いて「絶対許し難《がた》い」のは、
一、堂々と遣《や》る。
二、取っ換《か》え引っ換えで行《おこな》う。
然《そう》して、スキャンダルのヒロインとヒーローとの二種類が勿論《もちろん》のこと存在する。
以前は、犯罪として扱われたほど途轍《とてつ》も無く大変醜《みにく》い行為と考えるが。
ヒロインの夫《おっと》やヒーローの妻という人々《ひとびと》の立場《たちば》・面目《めんぼく》・立つ瀬《せ》が無いけれども。
一、全く気づいていない。
二、感づいたが暫《しばら》く様子《ようす》を窺《うかが》う。
三、形《なり》振《ふ》りかまわず大喧嘩《おおげんか》と成る。
四、離婚する。
五、殺傷沙汰《ざた》を起《おこ》す。

浮気《うわき》から　エスカレートし　不倫へと
突《つ》っぱしるのは　愚行《ぐこう》の極《きわ》み

結婚後の蔑《さげす》む可《べ》き振舞《ふるまい》

不倫《ふりん》・離婚という裏切りは馨《かんば》しからず。
臆《おく》面もなく何度も何人とも遣《や》らかすのがいるので、開《あ》いた口が塞《ふさ》がらない。
〝下種《げす》〟と称《しょう》しても過言《かごん》ではない。

結婚を　裏切る者は　全《すべ》てにも
　信じられざる　人でなしなり
人道《じんどう》に　背《そむ》く不倫を　堂どうと
　遣《や》り続けても　楽しからずに
裏切りを　楽しむ人は　異常にて
　本人はげに　哀《あわ》れなりけり
淫猥《いんわい》を　濃厚《のうこう》にして　一生《いっしょう》を
　終えることこそ　勿体《もったい》なきや
人生《じんせい》は　重要なのが　わんさ在り
　より有意義に　生き可《べ》きなり

あくせく働く人が勝つ

〝あくせく〟の意味は、
一、心が狭《せま》く小事《しょうじ》にこだわる。
二、休む間《ま》なくせかせか働く。
㊀の小事に就いては、小事も大事と称して大事も先ず小事から起《おこ》るのだから、小事もゆるがせにしてはならない。〝あくせく〟は、長寿の応援と加勢《かせい》に絶大な力《ちから》を発揮《はっき》すると言っても過言ではない。

㊁のケースに於ける左記の振舞には敬意を表したく。
一、心掛け。↓日頃の心構《がま》え。
二、実行力。
概《がい》して、貧しい人の方が左記に因り長生きすると観察している。
一、あくせく働かざるを得ない。
二、暴飲暴食を全く為《し》ない。
三、損の多い賭事《かけごと》へのめり込まない。
四、話題の危険なゲームに嵌《はま》らない。

五、悪事には手を出さない。
六、悪人とは付き合わない。
七、他人を陥《おとしい》れない。
八、余計《よけい》な事を考える暇《ひま》は無い。
九、健康には注意する。
十、自分への評判には留《りゅう》意《い》する。
十一、実直（誠実《せいじつ》で正直《しょうじき》なこと）に徹する。

第三章　時の経つのが早すぎる

時の経つのが早すぎる

時間の経つというのが「早すぎる」と思えてならないのだが。ひしひしと感じて仕舞うため怖《こわ》くなる。

年齢を重《かさ》ねれば重ねるほど「速《はや》く成っていく」ように思えるのは、〝必然的な事象《じしょう》〟と言えるのではなかろうか。

是《これ》を考えるなら、「諦《あきら》めざるを得《え》ない」のは致《いた》し方《かた》なく、何《なん》とも情《なさ》けない。

人生は一度っきりゃない。
だからこそ貴重《きちょう》なのさ。
息《いき》が続く間《あいだ》は頑張ろう。
強健なら弾《はず》みも付くぞ。

長生きが　できるようにと　健康に
　留意するなら　かなえられたり
長寿こそ　趣味を生《い》かせて　人生を
　ゆたかにすると　思いけるかな

時《とき》というのはだいじだ

時は金《かね》なり。

と称して、〝時〟というのは甚《はなは》だ「たいせつである」から、無駄《むだ》に消費《しょうひ》してはならないと思うのだ。人生は非常に短い。だいじな一生《いっしょう》を有効に使おうではないか。けれども、往々《おうおう》にして「脳裡《のうり》から総《すべ》て消え去っている」実状のために、困り果てて仕舞う。だから、どうしたらよかろうか？

真剣に考えたところ、時を有効に使う〝方策《ほうさく》〟として、

一、〝座右《ざゆう》の銘《めい》〟で発破《はっぱ》を掛ける。
二、気合《きあい》を入れる。
三、趣味を楽しむ。
四、スマホなどを巧《たく》みに使う。
五、考え方《かた》が同じ人たちと付き合う。

人にとり　時というのは　大切《たいせつ》で
なにも為《せ》ぬうち　時は経つかな

「時が経つ」のは早《はや》い（一）

皆様も「時が経つ」のは早いと、お感じに成りませぬでしょうか？

一、幼年時代
二、少年時代
三、青年時代
四、婚約時代
五、結婚当初
六、結婚時代（一）
七、同（二）
八、同（三）
九、同（四）
十、同（五）

辛《つら》いのが　耐《た》えられたのは　健康が
〝高きため〟とぞ　思いつるかな

「時が経つ」のは早い（二）

テーマで述《の》べたとおり、本当に「時が経つ」のは早いものと考えさせられている処《ところ》の、〝きょう此のごろ〟である。

当時の日本政府が、アメリカへ仕掛けた処の〝大東亜戦争〟当時に「起《おこ》った」もろもろ・・の出来ごとを、いまだに覚えている。

一、大本営の発表が嘘《うそ》だらけ。

二、日本軍は日毎《ひごと》追い詰められてゆく。

三、一般国民は食べることに難渋《なんじゅう》している。

四、政府関係者は余り苦労していない。

五、半島人は〝闇《やみ》取引〟に長《た》けている。

お早ようと　昨日《きのう》言いしに　今朝《けさ》も又《また》
「あいさつする」を　早く感じて
昨日《さくじつ》と　同じことをば　遣《や》りおるに
「時が経つ」のは　早きものなり

損得《そんとく》を考えて行動する

一般に、人というのは、
一、通常は損得を考えて行動する。
二、時と場合により損しても行動する。
但《ただ》し、悪い輩《やから》は、後述の如くどぎつい。
一、利益に成ることのみ行動する。
二、損をしてまでは行動しない。
三、利益に成る場合だけは協力することもある。
故に、一般人と悪人との違いは甚《はなは》だ大きい。
然《そう》して、悪党は左記のとおりに恐《おそ》ろしい。
一、悪事・悪行しか脳裡《のうり》には無い。
二、善行なぞは皆無。
三、刃向《はむ》かう者は抹殺《まっさつ》する。
四、自画自讃《じがじさん》に酔《よ》う。

自己中心性が強すぎ（上）

曾《かつ》て、後述の如き阿呆《あほう》の悪行を聞いたことがある。バカでワルという輩《やから》は、実に始末《しまつ》が悪いことをひしひしと感じたものである。それは、・・・

一、労働組合書記長でカネが自由に扱えた。
二、発端《ほったん》は労働組合貯金へ目を付けた。
三、先《ま》ず中古自動車を買った。
四、次にバーで飲み放題。
五、バーの若い美人マダムに惚《ほ》れて通《かよ》い詰めた。
六、彼女に惚れられたと勘違いして妻子を捨てた。
七、バーへ転《ころ》がり込む計画を立てたのだが。
八、労組貯金の横領で訴えられた。
九、当然カネも跡絶《とだ》えた。
十、バーのマダムから拒否《きょひ》された。
　　金《かね》の切れ目《め》が縁《えん》の切れ目。

自己中心性が強過ぎ（下）

世の中には、平然と「自分さえ良ければ」という者がいるから、呆れ返って仕舞う。
一、同窓会の開催を提唱する。
二、好人物へ目を付ける。
三、彼が〝根っから〟なのは周知《しゅうち》。
四、そのような彼に付け込む。
五、彼に〝司会〟を遣《や》らせる。
六、彼が「喋《しゃべ》っている」時を狙《ねら》う。
七、司会のまっ盛《さか》りに企《たくら》みを実行する。
八、彼の料理を分配して終う。
九、彼は〝食べる物〟がなくなる。
十、彼は集金して金を計算する。
十一、彼は帳場《ちょうば》へ支払いに行く。
十二、彼は食べないのに〝解散〟と成る。

ペンギンより劣《おと》るな！

標題に就いては、人間はペンギンよりも劣る面が多々あると見て仕舞う。即《すなわ》ち、利益を得るために生死に関る争いを為《す》る。だが、ペンギンは絶対に争わないのだ。従って、人間は実に汚く醜い動物に思えてならない。今まで、此の現実を真剣に取り上げた人は誰もいない。

以上から、人類の歴史は〝争いの実録〟とならざるを得ない筈。然《しか》し乍《なが》ら、何処《どこ》の国に於《お》いても〝国史・世界史〟等《とう》には、

一、真実を書かない。
二、争いに触《ふ》れない。
三、自国に都合《つごう》よく書く。
四、他国をワル扱《あつか》いする。
五、個々の日記帳の方が余《よ》っ程《ぽど》正しい。

表面は　善人風《ぶり》を　見せ付けて
裏は悪事に　精を出したり

観光客が多すぎるので

時代が変わると、色々と様《さま》がわり為《す》る「即《すなわ》ち変化してゆく」のは常《つね》のことであるが、最近では〝観光〟の状況実態に驚くほどの変化が起きている。

一、観光客が異常に多い…激増《げきぞう》している。
二、名所旧跡《めいしょきゅうせき》の一箇所《かしょ》へ集中し易い。
三、混んでいる情報が在っても出掛ける。

其れで、次の事態が発生している。

一、周辺の観光地が困っている。
二、混《こ》みすぎて困り果てている。
三、〝風光明媚《ふうこうめいび》〟を楽しめない。
四、人間ばかりを見ることに成る。
五、〝観光〟どころでなくなる。

昔日《せきじつ》の　いと優雅《ゆうが》なる　観光も
今は無惨《むざん》に　打ち砕《くだ》かれて

〝読書〟の習慣が無い

最近の日本人は、観察によると、
一、本を買って読まない。
二、図書館等で本を読まない。
だから、次の人びとが増《ふ》えてきた。
一、標準《ひょうじゅん》知力《ちりょく》が欠《か》ける。
1、理解力が乏《とぼ》しい。
2、判断力が乏しい。
3、思慮分別《しりょふんべつ》を欠《か》く。
4、最新情報が無知《むち》。
二、一般的知識が少《すく》ない。
三、専門的知識は無い。
孰《いず》れにしても、悲惨《ひさん》な現況ゆえ要注意である。

〝阿呆《あほう》〟こそ要《い》らない

世間《せけん》には、困った人がいるものだと熟々《つくづく》嘆《なげ》いて仕舞《しま》う今日《きょう》この頃である。
即《すなわ》ち、後述を遣《や》らかすのだ。
一、大嘘を自慢げに言う。
二、嘘を信じてやまない。
何しろ、始末《しまつ》に負《お》えない連中だから、手厳しく評すれば、
㊀は、たいへんに悪賢《わるがしこ》い。
㊁は、将来性が全く無い。
要するに、斯かる人たちは日本に居てほしくないのだが、左記の難点《なんてん》が在る。
一、阿呆は遺伝によるため治療不可能。
二、該当者は「正しい」と信じている。

阿呆には　付ける薬が　無き為に
困り果てたる　ひとびとなりや
近頃は　知力が将《まさ》に　悪く成る
いっぽうなのは　哀《かな》しかりける

歌謡曲は素敵であるが

日本の歌謡曲というのは、百年以上も◇作られ◇歌われ◇聴かれ◇愛され続けている。此のような事実は、後述の如き〝精神〟に基づくのである。

一、人間を愛しているから。

二、自然を称《たた》えているため。

是《これ》は、世界で唯一無二であり、本当に心から誇りに思う。最近、各テレビ局では〝ファンサービス〟なのか、放映時間をずらして呉《く》れるために大変悦んでいる。小生は東海林太郎《しょうじたろう》が唄っていた歌が好きなので、其のシーンには心のなかで歓喜の雄叫《おたけ》びを上《あ》げて仕舞う。

歌謡曲の〝衰態《すいたい》〟は結局、

一、好《この》みが変わった。

二、時世《じせい》が変わった。

三、作詞家・作曲家がいない。

四、番組製作者がいない。

〝砲声《ほうせい》〟が止《や》んだって

昔には　戦うさなか　音楽が
　聞こえ始めて　砲声止まり

嘗《かつ》て、ヨーロッパ戦線では音楽が流れたことから「双方《そうほう》が〝撃ち合い行為〟をいちじ止《と》めた」というニュースがあった。荒々しい気分とか殺気立《さっきだ》った雰囲気《ふんいき》を和らげて呉れたようだねえ。若い時から小生は音楽とか歌が好きで、聴いたり唱ったりして楽しんだもの。いちじは、歌謡曲が日本じゅうで大流行したが今は小休止《しょうきゅうし》なのか？　なにか物足りない。其れでも、各テレビ局では想い出の歌謡祭などを組むのでチャンネルを合わせている。

音楽や　歌を聴くのは　快《こころよ》し
　心が和《なご》み　楽しかりける
実際に　口《くち》ずさぶなら　段だんと
　胸が弾《はず》みて　すっきり為《す》なり
音楽を　嫌う人なぞ　素《そ》っけなく
　争い好《ず》きで　厭《いや》なものかな

〝夢〟は複雑怪奇《ふくざつかいき》なり

「夢をいだく」と言えば、聞こえはいいが、
一、健全なこと。
二、不健全きわまること。
1、悪行《ぎょう》…人間関係・金銭問題。
2、犯罪…殺傷・窃盗・強姦・強盗。
3、自殺。
イ、発作《ほっさ》的に。
ロ、熟考《じゅっこう》の末《すえ》。

イのケースでは、自殺者が未《ま》だ息《いき》の有るうちに〝立ち会《あ》った人〟の話では、彼から「まだ死にたくない…」と言うのを聞いたそうだ。亦《また》、作家などが「人間はもう一度生まれてくる」と書いているが、是《これ》ほど阿呆《あほ》らしいことは無いだろう。然《そう》して、
一、自殺者を誘《さそ》いかねない。
二、むなしい夢を抱《いだ》かせる。

馬鹿げている〝場面〟

テレビを視ていて、実にくだらなく価値の無いと思うシーンが在る。それは、後述する〝殺されかた〟なのだ。

一、石段上で争う果てに片方が転《ころ》げ落ちて死ぬ。
二、ビルの屋上で争う果てに片方が落ちて死ぬ。
余りにもたびたびなので冷笑して仕舞うが、
◇　高い場所で争うことは在り得ない。↓無知も甚だしい。
望ましい作り方《かた》として、
一、現実にも充分存在する。
二、現実と同じで忌避感が強い。
三、絶対に在ってはならないこと。
四、望む方向へ展開する。
五、遣ってみたいこと。
六、大層難《むずか》しいが遣れる範囲。

東京ドームの何個分《ぶん》？

よく「どれそれの何個分だ」という言葉を耳にするけれども。是《これ》は、どれそれのサイズを知らなければ困ると思うが。言いぐさとして軽蔑《けいべつ》するのは、

一、どいつもこいつも使う。
二、ちゃちで安っぽい。
三、決《き》まり文句。→在り来《きた》りのせりふ。
四、得意《とくい》げ。
五、平凡《へいぼん》で陳腐《ちんぷ》。
六、誇らしげ。
七、気取った積《つも》り。

以上から、表現手段として、
一、物凄く広い。
二、想像を絶する広さ。

アイディアはいろいろ

歳《とし》をとれば「とる」ほど、「極楽浄土へ行き度《た》い」と願うように成った。それだけ、彼《あ》の世《よ》へ旅立《たびだ》つのが近づくためなのだろう。なんとも寂《さび》しいねえ。

人生はたった一回だからなあ。
ひとつでも　多くと思い　善行《ぜんこう》を
　重《かさ》ねるならば　安《やす》らぎにける
アイディアも　悪賢《わるがしこ》きは　痰唾《たんつば》を
　空へ向かって　吐《は》く如《ごと》きもの
世《よ》の中《なか》は　ワルが多しと　睨《にら》むなり
　張り合ううちに　〝禍《わざわい》〟招《まね》き
〝悪党〟の　皆が競《きそ》いて　激《はげ》しさを
　増してゆくなら　世界は亡《ほろ》ぶ
〝悪行《あくぎょう》〟に　脳の全《すべ》てを　費《つい》やせば
　死ぬと地獄《じごく》へ　真《ま》っ逆《さか》さまぞ

油断《ゆだん》を撥《は》ねとばそうぜ

少年時代から、ウサギとカメの物語を幾度も聞いたり読んだりしてきたけれども、此の物語は教訓としては子供向けで一位《いちい》と思っている。其の核心部分は、

一、どんなに弱い相手さえ全力を尽《つ》くす。

二、競《きそ》う相手を侮《あなど》ってはならない。

1、見るから弱そうに見えたため見くびって仕舞う。

2、一度は勝っても次から負け込む　‥弱いと判断する。

3、勝っても相手をむやみやたらに刺戟《しげき》しない。

三、細心《さいしん》の注意を払って練習する。

すなわち、ウサギの阿呆《あほう》な〝過信《かしん》〟に他《ほか》ならない。

練習も　油断を為《せ》ずに励むなら
遣《や》ること全《すべ》て　上《じょう》々なりや
困難を　撥《は》ねとばす程　頑張れば
道は開けて　進み行けたり

少年犯罪が非常に多い

近ごろは、少年たちが〝犯罪〟を起《おこ》したとのことで「又々《またまた》…」と思うのだが。勿論《もちろん》、其のような徒輩《とはい》は〝将来性〟が無いけれども。唯《ただ》、其の人物に就《つ》いては、

一、遺伝《いでん》で〝悪い天性《てんせい》〟を持つ体質。

二、いつかは〝悪い面《めん》〟が顔を出す。

三、生《うま》れ付きという「持って生れた」物。

四、悲しくて哀《あわ》れな〝運命《うんめい》〟である。

だから、其のような人が「多い」ことに間違いはない。実に困ったことだ。是《これ》は、全世界でも〝事実〟であって現実問題なのだ。

然《そう》して、次の点に関し危惧《きぐ》せざるを得ない。

一、遺伝で彼の親族も同じ傾向《けいこう》である。

二、彼が〝仲間《なかま》〟を作ったり誘《さそ》い込んだり。

遺伝とは　決定的で　悪ければ

遁《のが》れられない　悲しきものぞ

戦争の好きな〝人々《びと》〟

「何故《なぜ》、人間というのは〝あらゆる争《あらそ》いを始めとして戦争〟を遣《や》らかすのだろうか？」

　　人は常にあらそう

なにしろ、人類史上で繰返《くりかえ》される処《ところ》の〝残虐《ざんぎゃく》な戦争〟は夥《おびただ》しい。真《まこと》に、考えただけでも厭《いや》に成る。アウトローであるロシアとチャイナ及びコリアは、どうも質《たち》が悪い。秩序《ちつじょ》からはみ出した無法者と称する由縁《ゆえん》。共産党員で全体主義者の輩《やから》は、時代おくれが甚《はなは》だしい。殊《こと》にチャイニーズの連中ときては。

　　争い無くば日は暮《く》れず夜も明《あ》けない

貪欲《どんよく》ながら、人間は「他より有利に成る」すなわち〝大幅《おおはば》〟に利益を得るために戦ってきたと言うことができるのだ。争いや戦いは全《すべ》て醜悪《しゅうあく》そのものに他《ほか》ならない。

然《そう》して、争い戦う相手である〝敵たち〟は、

一、強烈に邪魔《じゃま》をする。

二、物凄《ものすご》く刃向《はむ》かう。

三、群を抜いて最有利に成ろうとする。↓牛耳《ぎゅうじ》る。

人間こそはげしく争う

動物のうち、「最も争う」のは人間である。而《しか》も烈《はげ》しく頻繁《ひんぱん》に。「よく精が出る」ことを見下《くだ》すのも、厭《あ》き厭きした。

悪評で名が売れている国ぐには、

一、アウトロー則《すなわ》ちロシア・チャイナ及びコリア。

二、其の他〝常連〟。

〝因果《いんが》関係〟に就いては、

一、原因：全ての行動に支障《ししょう》を来《きた》す。

二、結果：〝支障〟を調査する。

以上の〝方策《ほうさく》〟としては、

一、手順《てじゅん》を考える。

二、立ち対《むか》う。

三、打ち粋《くだ》く。

四、取り除《のぞ》く。

人間は争う動物と同じ

人間という動物は獣と同様に争うことを好むので、後述が考えられる。
◇　争う原因は夫々《それぞれ》が優位に立とうとすることから起《おこ》り、理由は生きてゆく上での境遇《きょうぐう》（環境《かんきょう》や立場《たちば》）
1、個人。
2、国家。
3、民族。
4、人種。
当該《とうがい》の対象が、昔から争いを絶《た》やしたことが無く、嘆《なげ》かわしいと言わざるを得ない。
人間は争う動物と同じと称して差支《さしつか》えない。

他人より　優勢を得る　目的で
　人それぞれが　争うものぞ
争いに　負けたる犬は　哀れなり
　全ての犬に　逆《さか》らいはせず
にっぽんは　負けたる犬に　酷似《こくじ》して

脅《おど》されるなら　諂《へつら》いにけり

騒ぎはたびたび起きる

述《の》べたくもないけれども、人間というのは古今東西に亘《わた》って、〝あらそい好《ず》きの動物〟と称しても過言ではない。即《すなわ》ち、世界の随所《ずいしょ》：至《いた》る所《ところ》で〝騒動〟が起きて居《お》り、原因は、

一、各種の不平不満。

二、わがまま。

三、異常気味《ぎみ》の欲望。

当該の関係者たちは、

一、国家どうし。

二、異民族どうし。

三、同民族どうし。

四、支配統治者（政府）と国民。

五、ビジネスに於ける労使。

六、個人である他人どうし。

七、個人である家族どうし。

後悔《こうかい》しない人はいない

〝一生《いっしょう》〟のうち、後悔を全然「しない」人は先《ま》ずいないだろう。

こんな具合《ぐあい》だったらねえ。

ああすればよかったなあ。

失敗は成功のもと
と言うではないか。たとえ失敗したって其れを反省し欠点を改《あらた》めていけば却《かえ》って成功するものなのだ。是《これ》は、プラス思考《しこう》であり「前向きで理想的である」と言える。

後悔《こうかい》は先に立たず
と称し、前にしたことを後になって悔《く》いても取り返しがつかないことを警告《けいこく》している。

注意して「行動する」必要がある訳《わけ》だ。

浅はかに　行動すれば　失敗は
まぬがれずして　注意するべし
失敗を　恐れて許《ばか》り　いるならば
なにをなすとも　果《はた》せざりけり

変人は実におそろしい

誰でも「自分が大切である」けれども、〝変人〟というのは、
一、桁《けた》はずれである。
二、度が過ぎている。
然《そう》して、後述の如く「常人から物凄《ものすご》くずれている」のだ。
一、自分さえよければ満《み》ち足《た》りる。
二、自分の〝思いどおり〟がよい。
三、〝赤の他人〟はどうでもいい。
四、自分に関係が無いことは無視して仕舞う。
五、悪事悪行に専念集中する。
六、善事善行は脳裡《のうり》には全く無い。
七、考えと行動の全《すべ》てが常人とは違う。
変人は　思うことから　遣《や》ることが
いっぱんじんと　かけ離れたり

根性《こんじょう》というのに就いて

人の根本的な性質を〝根性《こんじょう》〟と言うが、
一、困難にも挫《くじ》けなくて強い。
二、堕落《だらく》して腐《くさ》っている。
㈡のケースでは様ざまなものが在るのだが、殊更《ことさら》いやらしくいけすかないのは目立つ。
〝参考例〟として、
一、態《わざ》と嫌《いや》がらせを遣《や》る。
二、好まない人と仲良くする。
三、誹謗中傷《ひぼうちゅうしょう》に励む。
四、攻撃を遣《や》らかす。

小人に　やっかまれたる　場合には
ひどい仕打ちを　され続けたり
小人《しょうじん》は　孰《いず》れにしても　やっかいな
タイプばかりで　困り果てける

〔註〕〝小人〟とは、徳・器量・才能の無い人を指す。

人間は〝恥晒《はじさら》し〟かな

人間の恥《は》じる可《べ》き〝夥《おびただ》しく恥《は》ずかしい行為〟は、悪事悪行《じぎょう》としての二《ふた》つを挙げた。

一、争《あらそ》いから戦《たたか》いにエスカレートする。

二、嘘《うそ》を吐く。

1、無意識。

2、思わず。

3、計画的。

過去↓現在↓未来《みらい》

此の二《ふた》つは、人間社会から消え去り無くなることは、絶対に起《お》こり得ないだろう。

然《そう》して、次のように分類できる。

一、私《し》的・公《こう》的。

二、小規模《しょうきぼ》・中規模・大規模。

嘘《うそ》により　争い起きる　ことも在り
世《よ》の中《なか》すべて　むつかしきかな

第四章　お山の大将はオレだ！

政治屋と呼ばれる人々《ひとびと》

〝おこない〟を列挙《れっきょ》すれば、

一、自己の最優先が〝度〟を遥《はる》かに越える。

二、〝使命《しめい》〟を弁《わきま》えず遂行《すいこう》の責任感が無い。

三、国民と国家へ「尽《つく》す」気持は全く無い。

四、当選しただけ。↓ 第一の目標で悪事の出発点。

1、利害関係者へ便宜《べんぎ》を図《はか》る。

2、支援者へ報酬をばらまく。

3、自分の考えは無いし主張もしない。

4、秘書が書いたものを持参する。

5、会議等の欠席が多い。

6、出席しても〝居眠り〟を為《す》る。

7、視察と言って〝観光〟を遣《や》る。

8、会合と言って〝遊興〟も遣《や》らかす。

民《たみ》の代表としては落第

糞《くそ》にたかる蠅《はえ》
得《とく》に成《な》る事（出世《しゅっせ》したりカネになったり）であれば、「なんでも遣《や》る」人が此の世には存在する。人びとの侮《あなど》ることでも遣《や》って仕舞《しま》う。まともな人なら遣《や》らないのに。
殊《こと》に、近頃「話題に成っている」処の甚《はなは》だ不適切な人で、
一、乗用車の無免許運転。
二、白バイに検挙《けんきょ》されたのも一回ではない。
三、〝議会〟から議員辞職決議を受けた由《よし》。
四、重要なる議会に長期欠席を平気で遣《や》る。
五、突然出席するや「断じて辞職しない」旨《むね》を発表する。
六、有権者と有識者たちの声を総《すべ》て無視ゆえ前代未聞《ぜんだいみもん》。
七、「馬耳東風《ばじとうふう》」…意見や批評などを聞き流す〝悪い政治屋《や》〟の見本。
意見とか　批評等々《とうとう》　聞き流す
馬のごときで　人らしくなし

お山の大将はオレだ！

テーマの如き〝異常な自負心《じふしん》〟を抱《いだ》き叫《さけ》ぶ奴《やつ》のために、争い乃至は戦いの絶えることが無い。平和を強く望む人びとの声は全く無視され聞き入れられない。昔も今も。

ところで、人間は次の通り大別できる。

一、我《が》が強く我《が》を張る。↓賢人《けんじん》にも従わない。

二、強くも弱くもない。↓時と場合で変わる。

三、我《が》は弱いと言える。↓賢人《けんじん》には従う。

タイプで言えば、㊀は〝首謀者《しゅぼうしゃ》〟。

㊁は〝傍観者《ぼうかんしゃ》〟。

㊂は〝下《した》っ端《ぱ》〟。

然《そう》して詳《くわ》しく言うと、㊁に就いては間接的に協力することもあるし協力しないこともある。

亦《また》、歴史書を繙《ひもと》くなら〝お山の大将〟である独裁者たちというのは、みんな「無惨《むざん》な末路《まつろ》を辿《たど》っている」のが知れる。威張《いば》り捲《まく》る〝お山の大将〟らは、歴史を学んでいないのであろう。ひとり残らず。

　お山の大将はバカだ！

と言って差し支《つか》えないと思う。

今まで、此のバカ野郎たちのために、世界じゅうの人びとが如何《いか》に「大迷惑《めいわく》を蒙《こうむ》ってきた」か計《はか》り知れないのだ。

時代おくれの〝お山の大将〟が、二〇二二年の現代にも存在するのと、彼を「崇拝《すうはい》し尊敬する」輩《やから》もいるのには、呆《あき》れ返って仕舞う。

本書では、其れらの〝バカげた現実〟を、余《あま》すところなく「曝《さら》け出す」次第。

　大国《たいこく》と雖《いえど》も四流以下ぞ！

同じ民族の中にも賢人《けんじん》がいて発言したり書いたりしても、殆《ほとん》どのバカな輩《やから》は顧《かえりみ》ることはない。先祖伝来の〝遺伝〟というのは如何《いかん》ともしがたいのだ。

大将を　自負する奴の　為業《しわざ》から
　世界はいつも　混乱つづき
我《が》を張りて　面目のみで　戦うは
　今も昔も　変わらざるかな
独裁の　唐変木《とうへんぼく》は　おろかなり
　気づきもせずに　阿呆《あほう》そのもの
独裁の　魔《ま》に憑《つ》かれたる　輩《やから》など
　悪《あ》しき奈落《ならく》へ　ころげ落ちける

政治屋《や》が存在するのだ

テーマの如《ごと》き人《ひと》びとが日本に居て、「議員に成る」のは許せない。

一、多額の報酬を狙《ねら》う。
二、政治家《か》の〝顔〟で悪事を遣《や》る。
三、偉そうに振舞う。
四、会議には余《あま》り出席しない。
五、議場では居眠《いねむ》る。
六、〝政治家先生さま〟として招待《しょうたい》される。
七、彼の〝取巻《とりま》き〟もでかい顔を為《す》る。
八、政治屋《や》は〝寄附《きふ》〟を狙《ねら》う。
九、取巻き連中も〝おこぼれ〟を期待する。
十、一般国民も〝政治家〟として別扱《あつか》いを為《す》る。
醜悪《しゅうあく》な　政治屋《や》たちが　人《ひと》びとを
だましおるのは　許せざるかな

外国と通じ合う政治家

最近、ぴーんと〝一抹《いちまつ》の不安〟が小生《しょうせい》を襲《おそ》いました。

　外国政府または個人とつうつうの輩《やから》

つうつうとは、〝通《つう》じ合っていること〟で、斯《か》かる政党や個人がいるように思えてならない。純粋の日本人とすれば呆《あき》れ返りますが、日本人を忌《い》み嫌っている外国人は嘸《さぞ》かし喜んでいるでしょうね。

其の外国が、国家ぐるみのスパイ活動に依《よ》って、

一、日本国政府に関する情報。

二、日本の政界に関する情報。

三、日本と親密な国の得難《えがた》い情報。

四、日本国内に関する情報。

亦《また》、政党・個人としては、

一、多額の〝収入〟が期待でき…カネになるならなんでも遣《や》る。

二、〝当該国〟の情報も知り得る。

笑われる愚《おろ》かな日本人

日本人が韓国人に「騙《だま》される」のは、
一、日本の政権は怜悧《れいり》ではない。
二、相手を見極めて対処《たいしょ》しない。
三、呆《あき》れるほどの〝お人好《よ》し〟。
四、戦前のことを知らないし知ろうとも為《し》ない。
五、「熟知《じゅくち》する」人がいることすら知らない。
以上から、悪質な韓国人からすれば、
一、日本人というのはちょ・・ろい。
二、笑いものにするのは楽しい。
三、虚仮《こけ》にするのは気味《きみ》がいい。
四、もっと騙《だま》してやれ。
五、とことんやっつけよう。
六、ふんだくろうでないか。

合性《あいしょう》が良《よ》い悪《わる》いの問題《もんだい》

幼時《ようじ》から小生《しょうせい》は〝標題の件〟を聞いているのだが。

〝合性（相性）〟とは、何かを為《す》る時に自分にとって遣《や》り易《やす》いかどうか・・かの相手方《かた》の性質を指《さ》す。是《これ》に就《つ》いては、良いか悪いかが実《じつ》に大切と考える。

近ごろ、目立《めだ》っているのは〝日韓関係〟である。

　日本人と韓国人とは相性が悪い

然《そう》して、古来《こらい》の〝繋《つな》がり〟からも言《よ》えるし、変質者の多い〝同士〟である処《ところ》の、支那人と韓国人とは相性が良い

以上から、日韓関係の良くない事由《じゆう》は、「相性が悪い」からと断言《だんげん》できる。是《これ》は、古今《ここん》に亘って「史実《しじつ》が物語る」のだ。合性《あいしょう》問題を侮蔑《ぶべつ》すべきではない。

　相性は　人間にとり　重要で
　遁《のが》れられない　ことであるなり

　相性《あいしょう》を　疎《おろそ》かにして　無視するは
　阿呆《あほう》な事態《じたい》に　陥りけりな

条約文書は紙屑《くず》の如《ごと》し

標題を「感じている」のは小生だけであろうか？
後述の〝実例〟から間違いはないが、概念《がいねん》は次のとおり。
一、いっ時《とき》の気休《きやす》め。
二、当座の恰好《かっこう》づけ。
第一例では、第二次世界大戦時のソビエト連邦《れんぽう》が、
一、スターリン首相（共産党）が日本との中立条約を〝期間短縮の話し合い〟も無く〝一方的な通告〟のみで破っている。
二、此の悪例から現在のプーチン大統領とは「中立条約の締結《ていけつ》を見送りしている」破目《はめ》に陥《おちい》る始末《しまつ》である。
第二例では、戦後から現在までの韓国で、
一、政権交代から〝日本との約束〟を破棄して仕舞う。
二、次々と変わる大統領に依《よ》り約束内容を著《いちじる》しく変える。
虚仮《こけ》にされる。↓内心と外相とが違う。

戦争は避《さ》ける可《べ》きなり

日本に関係する戦争で仕掛けられたケースは、

一、文永・弘安の役《えき》（蒙古襲来《もうこしゅうらい》）：鎌倉時代に二度も〝元《げん》〟が攻めて来た。

二、明治二十七年朝鮮の甲午《こうご》農民戦争：東学党の乱《らん》に便乗《びんじょう》した清国の出兵《しゅっぺい》に際し日本居留民《きょりゅうみん》の保護で起きた日清戦争。

三、昭和十二年八月中華民国上海《しゃんはい》に在った日本の租界《そかい》（居留地）へ国民党政府軍が攻めて来たのが発端《ほったん》の支那事変。

国交断絶《こっこうだんぜつ》で双方《そうほう》が仕掛けたケースは、

明治三十七年に帝政ロシアと満州・朝鮮を巡《めぐ》り、関連して紛争《ふんそう》した。

アメリカが主《しゅ》なる連合国の日本いじめで仕掛けたケースでは、

昭和十六年十二月アメリカのハワイ真珠湾《しんじゅわん》を攻撃したが昭和二十年八月に敗退《はいたい》。

何《いず》れにしても、戦争なんぞは阿呆《あほ》らしい。世界乃至《ないし》は地球を破滅《はめつ》させるのだ。

揉《も》め事《ごと》は　とどのつまりが　争《あらそ》いで
往《ゆ》き着く先は　破滅《はめつ》なるぞや

カネには汚過《きたな》ぎるとは

世《よ》の中には、とんでもなく「かねに汚い」人たちがいるきょう此の頃である。
一、まともに稼《かせ》ぐ気持ちが無い。
二、収入は盗んだり騙《だま》し取る。
1、詐欺《さぎ》にて。
2、税金を遁《のが》れる…姑息《こそく》な手段《しゅだん》で。
3、ぼけ老人を相手に。
4、子供を相手に。
5、経営者が地位《ちい》にて。
6、政治家が立場《たちば》から。
悪事こそ　思うが先《さき》の　阿呆《あほう》らは
生まれてこなきゃ　よかったものぞ
犯行で　人生おくり　惚《ほう》けるは
なんとわびしく　みじめなるかな

政治家を継《つ》げる人たち

観察したところによると、日本の政治家〝家庭〟で、「政治家を目指《めざ》す」人と言えば、通常は後述のとおりと思われる。

一、長男。

二、男子がいないときは長女。

三、孰《いず》れにしても〝優秀な子息《しそく》〟。

四、または〝優秀なこども〟。

理由としては左記で、

一、家業を継ぐことが常識。

二、〝伝統〟を堅持《けんじ》する。

三、家系を守るのが〝美意識〟重視。

四、血統を絶《た》やさない。

日本人の質《しつ》は落ちた？

人類の〝精神の質〟が、落ち続けていると思うのは小生だけであろうか？　是《これ》は、今に始まったことではないのであるが。唯《ただ》、善人ぶる人は斯《か》かることを言わないけれど。

だから、其の素因《そいん》として考えられるのは、

一、人間の欲望は「悪が善に勝っている」。

二、〝精神の質〟も悪い方向へ傾《かたむ》いている。

三、世界のあらゆる情報が瞬時《しゅんじ》に伝わる…悪事・悪行《ぎょう》ばかり。

四、他《た》民族ばかりか同《どう》民族や肉親までも危険《きけん》に晒《さら》されている。

五、〝自己《じこ》ファーストの思想〟が強烈に根《ね》づく。

六、「悪が善に勝つ」のも凶暴性《きょうぼうせい》が増すばかり。

七、「悪が善に勝つ」のが異常的ばかり殖《ふ》える。

是は、地球規模《きぼ》なので残念乍《ざんねんなが》ら、どうやら日本人すら免《まぬが》れない模様《もよう》。

精神の　質が段々　落ちるのは
どうにもならぬ　運命なるか

変《へん》な自分に気付《づ》かない

標題の人たちが増《ふ》えている。世界には、あいた口が塞《ふさ》がらないほどなのが生きている現状だ。よくもしゃ・あ・しゃあと。

莫迦《ばか》に付ける薬は無い。

次の二《ふた》つは「まったく違う」ことを勉強して欲しい。

一、真実だから批難《ひなん》する。↓正当な行為。

二、嘘を吐いて悪く言う。↓中傷《ちゅうしょう》・誹謗《ひぼう》

㈡を臆面《おくめん》も無く遣《や》らかすのは、変人《へんじん》というか変質者である。当の本人は此の悪事を「なんとも思わない」ゆえ始末《しまつ》が悪い。すなわち、変態《へんたい》行為を〝正当で通常なこと〟と理解していて将《まさ》に異常そのものだ。

変人の　先祖より皆　同類で
　遺伝なるのは　恐ろしきかな
民族は　ほぼ全員が　変人で
　〝先祖〟代々《だいだい》　続きおるなり

善は悪に負けるもので

古今《ここん》を通じて、「善が悪に勝った」ためし（例）は無いのだ。残念ではあるけれども。然《そう》して、判《わか》り易《やす》く説明するならば〝悪《あく》〟とは、

一、悪人。

二、悪事。

三、悪行《ぎょう》。

則《すなわ》ち、人びとの行動を観察すると次の通りと言わざるを得ない。悪事を、

一、知らず知らず。

二、薄々《うすうす》感じ乍《なが》ら。

三、計画どおりに。

1、協力を依頼されて。

2、命令に因《よ》って。

3、主体と成って。

四、生来《せいらい》（性来《せいらい》）で。

「案《あん》に相違する」とは

テーマのように、往往《おうおう》にして物事というのは「案に相違した結果に成る」ことがある。夫《それ》を〝皮肉《ひにく》〟と言うのだが。後述の如く、例《たと》えば、

一、準備ができて待つ位《くらい》が御破算《ごはさん》と成る。↓却《かえ》って良くない。

二、準備ができないくせ逆《ぎゃく》に成立して仕舞う。結果としては良い。

物事は皮肉《ひにく》なもの。

だからと言って「もたもたしている」のが良いことにはならないし、〝細工《さいく》〟をしてはいけない。

一、小細工《こざいく》（策略《さくりゃく》）を弄《ろう》しない。

二、時と場合に依《よ》り適切《てきせつ》に判断する。

皮肉なる　結果で終える　終えざるは
時と場合が　〝貴重〟なるかな

其の時の　あらゆる事に　左右さる
ものごとこそは　込み入りにける

悪《あく》が善《ぜん》に勝つとはねえ

世《よ》の中《なか》は、昔からワルの方が圧倒的であると言っても過言《かごん》ではない。
　ワルが幅《はば》を利《き》かせている
ところで、質問してみたいが、「あなたの知るところでは真《しん》の善人はいますか?」と。
何はともあれ、残念ながら左記の如く述《の》べざるを得《え》ない。
　悪《あく》が善《ぜん》に勝《か》つ
一、自己ファーストの思想による結論が大きい。
二、誰も「自分はどうでもいい」とは思わない。
三、右述《うじゅつ》理由から表面上（表《おもて》向き）は善人ぶる。
四、自分自身が気付かぬうちに悪事を為《し》ている。
五、経営者とか上司《じょうし》から不当《ふとう》な事を強《し》いられる。
六、「ひた隠《かく》し為《す》る」人ほど悪事に励《はげ》んでいる。
七、悪行は段々後《あと》を引き楽しいと考えて仕舞う。
八、他人は「どうでもいい」と思うように成る。

〝遺伝《いでん》〟は不思議なり

考えれば考えるほど、遺伝というのは「恐ろしくなる」許《ばか》り。
人間の力では如何《いかん》ともしがたい
すなわち、「次元が違う」と表現するのが正しい。だから、学問に依存《いぞん》し得《う》る問題ではない。ミステリアスな現象だ。
遺伝は、人類を筆頭《ひっとう》にして動物や植物などのあらゆる生物に存在している。
過去↓現在↓未来
に亘り、「延々《えんえん》と続いている」のは確実。
もちろん、人間に依《よ》って左右するなんぞは考えるだけナンセンス。
瓜《うり》の蔓《つる》に茄子《なす》はならぬ
凡人《ぼんじん》の子はやはり凡人なり
蛙《かえる》の子は蛙
変態《へんたい》を　治《なお》せない　遺伝こそ
あな恐ろしき　現象なりや

遺伝《いでん》とは恐ろしいなあ

標題の如《ごと》く、人類にとって〝遺伝〟というのは、実《じつ》に恐ろしくして「冷厳《れいげん》である」と感じている今日《きょう》この頃だ。

故《ゆえ》に、先祖が変質者であれば今から未来永劫《みらいえいごう》に亘って変質者が遺伝してゆくということと成る。大変に厳《きび》しい真実《しんじつ》ではある。

其のため、後述《こうじゅつ》のとおりの〝現実〟で、

一、変質者は自分自身が「変質者と思っていない」こと。

二、変質者は「言動すべてが正《ただ》しいと思っている」こと。

三、変質者同士《どうし》は「互《たが》いが異常とは思っていない」こと。

四、変質者ではない人からは「はっきりとわかる」こと。

変態は　普通人《ふつうじん》らへ　常《つね》ひごろ
大《おお》めいわくを　掛けて楽しむ

常人《じょうじん》が　困《こま》り果《は》てたり　悩《なや》む・の・を
変質者らは　ほくそ笑《え》むなり

現代タイプの無知《むち》か？

最近では、今風《いまふう》の無知が激増《げきぞう》してゆくことを確認しているのだが、実に情《なさ》けない。すなわち、人間として〝最も貴重《きちょう》な物事《ものごと》〟を全く知らないし、知ろうとも為《し》ていないので、学ぶことなど尚更《なおさら》である。左記のとおりで、

一、新聞を始めテレビ報道など御呼《お》び無し。

二、〝読書〟ということを為《し》ない。

三、皆より知ろうとの意欲が皆無。

四、無学とて恥《は》じずに恥の観念も無い。

当現状により後述の如く、

一、最も新しい情報を知らない。

二、歴史上の重要な真実も知らない。

以上から、従来よりも〝劣《おと》った人〟が殖《ふ》えている。

昔より　ダメ人間が　増殖す
恥知らずなぞ　必要とせず

たまには真面目《まじめ》にね！

自分だけ「他人《たにん》とは別行動をとる」という人がいる。殊《こと》に際立《きわだ》つのは驚く。
俗《ぞく》に、〝目立《めだ》ちたがり屋《や》〟と呼んでいるが。

目だつのも　誠実なのは　許《ゆる》せても
おふざけなどは　りっぱと言えず
おふざけで　真《しん》の主張が　阻害《そがい》され
〝迷惑《めいわく》〟受ける　ことも在りけり

往往《おうおう》にして　〝だいじな主張〟が、
一、無視される。↓真剣《しんけん》に採《と》り上げられない。
二、まじめな物を紙屑《くず》みたいに扱われて仕舞う。
これは、由由《ゆゆ》しい問題であろう。
一、日本にとり損失。
二、世界として損失。
三、人間にとっても損失。

嘗《かつ》て長男は好遇《こうぐう》された

テーマで言うように、以前の日本では子供たちのうち長男は別扱《あつか》いで手厚《てあつ》く好《よ》い待遇《たいぐう》を受けたものである。其れは、
一、貧富《ひんぷ》の差は無く。
二、身分《みぶん》の差は無く。
観察したところ、当の長男である彼等は、
一、当然と思っている。
二、有り難く感じていない。
三、嬉しくも思わない。
其のうえ、彼等は、
一、偉《えら》ぶる。↓尊大《そんだい》に振舞う。
二、弟の世話《せわ》や面倒《めんどう》を見ない。
三、自分の意向《いこう》に添《そ》わせて弟に色々の用をさせる。
四、其のほか何事も意向に従わせる。
五、意向に従わない場合は冷遇。

六、好遇されない弟としては鋭敏《えいびん》ならば不快そのもの。

本来、長男の優遇・好遇の理由は、
一、家業《かぎょう》を継《つ》ぐため。
二、両親の面倒《めんどう》等をみる。
三、両親の代理として弟・妹の面倒等を見る。
四、家族のなかでは皆から尊敬される価値が高い。
五、長男本人《ほんにん》がプライドを持つだけの働きを為《な》す。
六、悪事には全く〝関心《かんしん》〟が無い。
七、悪行を絶対に為《し》ない。
八、見るからに〝威厳《いげん》〟が有る。
九、〝軽《かる》はずみな言動〟を一切《いっさい》しない。
十、ライバルに堂々と勝負を為《す》る。
十一、全ての人へ〝卑怯《ひきょう》な手段〟は使わない。

自分が一番に大切だが

誰でも、「自分が此の上も無く大切でだいじである」けれども、
一、桁《けた》はずれ。
二、異常ぎみ。
であったら、みんなが大迷惑をするものである。
是《これ》が、後述に依るとだいぶ違ってくるようだ。
一、一般の社会。
二、世界各国間。
〝自己中《ちゅう》〟の　集団ならば　夫々《それぞれ》が
あらそい絶えず　〝戦争〟と成り
他人など　どうでもいいの　精神は
〝共同社会〟は　生きられざるや
自分さえ　よければよいの　考えは
いまやまったく　こばみたきかな

〝汚い策略《さくりやく》〟にはめる

悪党というのは、自分が「難《なん》を遁《のが》れる」ために他人に対し、
一、陥《おとしい》れる為の〝汚い策略〟を図《はか》る。
1、貶《けな》す。
2、腐《くさ》す。
3、謗《そし》る。
4、詰《なじ》る。
二、自分が遥かに劣《おと》ることから態《わざ》と軽蔑《けいべつ》する。
1、侮《あなど》る。
2、蔑《さげす》む。
3、縊《みくび》る。
4、見くだす。

悪党は　自分が難を　避《さ》けようと
きたない〝策〟を　図《はか》らんとして

にっぽん人《じん》であるのに

にっぽん人《じん》らしくない人《ひと》びとがいるのには、がっかりするを通り越して呆《あき》れ返って仕舞うのだ。然《そう》して、嘗《かつ》てのにっぽん人《じん》を態《わざ》と貶《けな》す行《おこな》いというのは、彼等の非を被《おお》い隠《かく》すためなのだろう。

とにもかくにも、にっぽん人《じん》らしくないし外国人よりか劣《おと》っているのに相違ない。従来のにっぽん人《じん》を継承したうえ更に成長していなければならない筈なのに。

戦前は　引き籠《こも》るなど　考えず
　　　　プライドが消え　他人《ひと》をけなして
以前なら　考えもせぬ　非行《ひこう》には
　　　　にっぽん人は　ダメに成りけり
近ごろの　にっぽん人は　昔より
　　　　たちが悪くて　おどろくばかり
ウイルスの　感染者には　若者が
　　　　はなはだ多く　然《さ》も在《あ》りなんや

にっぽん人《じん》は御人好《おひとよ》し

日本人と日本国に対して最も懸《け》念するのは、
一、御人好《おひとよ》しすぎる。
二、日本に関《かかわ》る情報・情勢を知らない。
三、外国へ悪事を為《し》ない日本を悪く言う輩《やから》がいる。
四、肝腎《かんじん》な日本人が嘘の話で儲《もう》ける。
亦、世界で日本を中傷するのは韓国だけで、訳《わけ》は、
一、日本人は遥かに優秀。
二、日本人と相性《あいしょう》が悪い。↓是《これ》は致命的で重大である。
三、前述から敵愾心《がいしん》に燃えて友好したくない。
四、中国の属国であるのを態《わざ》と見せびらかす。
五、民族性（民族特有の性格）は遺伝《いでん》ゆえ不幸を喚《よ》ぶ。
1、争い好《ず》き。
2、嫉妬《しっと》心が強い。

第五章　独裁者は学んでいない

独裁者に振り回される

古来《こらい》、世界に於いて「独裁者が出てきた」ことは、紛《まぎ》れもなく明白な事実であって、その理由は後述のとおり。

一、自他共に許す〝憧れの的《まと》〟。
二、恰《あたか》も〝宗教人の信仰《しんこう》対象〟。

亦《また》、独裁者は次の〝弊害《へいがい》〟を齎《もたら》して仕舞う。

一、表面上は権力と言い遣《や》り度《た》い放題。
二、国内とて勝手気儘《きまま》なうえ自由三昧《ざんまい》。
三、他国へは侵略などで迷惑《めいわく》を掛ける。
四、戦いなどにより双方《そうほう》に死傷が出る。
五、能弁（雄弁）家《か》ゆえ皆は騙《だま》される。
六、目立って側近たちは振り回される。

著名《ちょめい》なる　独裁者らの　末路など
ありさまこそを　篤《とく》と知るべき

独裁者に牛耳《ぎゅうじ》られるな

今や、全世界は独裁者という〝精神文化が最低の人間〟で「操《あやつ》られる」果《は》てに支配されようとしている。是《これ》は、小生が発する警告と受け取って頂き度く。

其の独裁者は、チャイニーズの習近平である。彼の低俗《ていぞく》ぶりは後述《こうじゅつ》のとおり。

一、世界の歴史をじっくり学んでいない。

二、全〝独裁者たち〟の末路《まつろ》を調べていない。ヒトラーなど。

三、独裁者が「悪人である」ことを知らない。

四、悪《わる》がしこいのは〝本当の賢明《けんめい》〟では無い。

五、全人類にとり〝全体主義〟は、良いとは言えない。

六、一《ひと》つの国《くに》だけ有利・独占は〝悪〟である。

七、一《ひと》つの民族だけが世界をほしいままにしてはならない。

八、現代から未来を「慮《おもんぱか》る」のは重要である。

古《いにしえ》の孔子《こうし》・荀子《じゅんし》が　嘆《なげ》きしを

今も愚《おろ》かな　悪事に励み

独裁者たちはあくどい

〝独裁者〟というのは、
一、古今に亘り存在する。
二、自分がバカでワルに気付かない。
三、過去の独裁者を研究していない。
四、世界の歴史を学ぶことが無い。
五、威《い》ばり捲《まく》る…空威《からい》ばり。
六、思うが儘《まま》に世《よ》の中を牛《ぎゅう》じようとする。
七、殊《こと》に自分の任期等を引き延《の》ばす。
八、法律などを変えて終《しま》う。
〝最近の目立つ奴《やつ》〟は、①習近平と②プーチンである。
現実の世界で独裁者に操《あやつ》られている民衆《みんしゅう》は、
一、彼を尊敬している。
二、彼の考えるふうに生活する。

独裁者は学《まな》んでいない

独断で物事を決め政治を行《おこな》う処《ところ》の独裁者は後述を遣《や》らかして仕舞う。

一、歴史上の独裁者を研究しない。
二、バカでワルの見本なのを知らない。
三、独裁者に憧《あこが》れる点が愚《おろ》か。
四、自分は世界一の独裁者と思う。
五、自分の言動に惚《ほ》れて酔《よ》う。
六、自分は最も正しいと考える。
　1、他人の助言・忠告を全面無視。
　2、殊《こと》に好評な知識人に逆らう。
七、昔も今も親族をも殺す場合がある。
八、変質者と見做《みな》して差支《さしつか》えない。

　　有名な　独裁者ほど　言動が
　際立《きわだ》つことに　呆《あき》れるほどぞ

プーチンはやくざだ！

テーマのとおり、ロシアの独裁者は悪辣《あくらつ》なやくざであり、彼に追随《ついずい》するロシア人たちは、見下げ果てた暴力団員と言って間違いはない。

だから、プーチンはロシアの恥を全世界へ曝《さら》し続けている。

一、ロシア人の民族性を低レベルへ確定づけた。

二、ロシア国の下劣な政略を次々に打ち出した。

忽《たちま》ち、プーチン達は後述の犯罪を堂々と遣っている。

一、ウクライナ人の殺戮《さつりく》。

二、ウクライナ国へ侵掠《しんりゃく》。

以上から、ウクライナ人たちは大迷惑を蒙《こうむ》っている。

一、未熟な子供ら。

二、善良な正義漢。

大量の　殺戮《さつりく》などに　励みたる
ロシア人こそ　アウトローなり

欲の深い人が多いもの

標題の如く、人間というのは〝欲張り〟が圧倒的である。然《そう》して彼らは、
一、ワルが多い。
二、バカである。
それから、彼らは
一、カネを殖やしたいと思う。
二、カネを殖やすことに努力する。
三、自分さえよければいいという考え。
四、他人なんかどうでもよい。
とのつまり、
一、悪行に励む。
二、犯罪をものともしない。
三、大事件や戦争をやらかす。
だから、〝被害者〟は迷惑至極だ。

途方《とほう》もない悪人が居る

世《よ》の中《なか》には〝悪人〟が多いが、其《そ》のうち「抜きん出た」処の途《と》んでも無く悪い奴《やつ》がいるので、呆《あき》れ返って仕舞う次第だ。左記に示すとおりで、

一、悪賢《がしこ》さでは凄味《すごみ》が有る。
二、自分だけ有利に成る。
三、自分が不利になる様《よう》な人を蹴落《けおと》す：失脚《しっきゃく》させる。
四、自分だけ出世・昇進する。
五、自分だけ〝いい思い〟をする。
六、自分だけ〝欲望〟を達成する。
㊂に就いては、誹謗中傷《ひぼうちゅうしょう》（在りもしない嘘《うそ》で悪口《わるぐち》を言う）。

奸策《かんさく》は　ざんねんながら　順調で
悪がしこさは　おどろくばかり
すらすらと　悪事が運ぶ　凄《すご》さには
あいた口こそ　ふさがらずして

にっぽん人の〝性格〟

人間の性格を区分すると、後述のとおりである。
一、低能。
二、意志薄弱。
三、劣等。
四、中等。
五、優秀。
昔から今まで、日本人の性格を観察すれば、次のことがわかった。
一、穏《おだ》やか。
二、つつましい。↓優《やさ》しい・控《ひか》え目。
三、強引《ごういん》でない。
其れ故《ゆえ》、是《これ》に類《るい》さない輩《やから》は、
一、変質者。
二、やくざ。
と、看做《みな》されるのだ。

才能を活《い》かしましょう

〝秀才〟ではない人間というのは、次のように大別できる。
一、天性《てんせい》である処《ところ》の〝低能〟。
二、成《な》れる才能が有るのに怠《なま》けきっている…怠《なま》け者《もの》。
三、「成《な》ろう」とは思わない…ろくでなし・のらくら者《もの》。
㊀は別として㊁は軽蔑《けいべつ》に値《あたい》するし、㊂は論外である。

人の一生《いっしょう》は一度なり

〝人生《じんせい》〟を次の如《ごと》く「生きる」可《べ》きと思う。
一、大切に考えて行動する。
二、有意義《ゆういぎ》に為《す》る。
三、苦しくても頑張《がんば》る。
四、難《なん》には怯《ひる》まない。

人は皆　たった一度の　人生を
陽気に歩《あゆ》み　苦難《くなん》に勝とう

国《くに》も民《たみ》もワルだらけだ

観察に因《よ》れば、世界じゅうの人間は、殆《ほとん》どが、
一、バカ。
二、ワル。
ということだ。小生が既に発表している処の、
一、ロシア。
二、チャイナ。
三、コリア。
の人たち（全てではない）以外の国ぐにも、其のような輩《やから》が存在するのだ。
だから、全世界で、
一、戦争。
二、事件。
三、犯行。
が頻発し続けている実状である。いわゆる良民は〝迷惑千万〟だ。

日本人と日本国を虚仮《こけ》

世界の〝くにぐに〟は、日本人と日本国を、虚仮《こけ》にしている。すなわち、ばかにしてあなどること頻《しき》り。其の理由は、

一、日本人は意外と阿呆《あほう》。

二、政治家までも醜態《しゅうたい》を晒《さら》す。

三、仕掛けた罠《わな》に掛かる。

四、学ばない無知が多い。

五、バカとワルが目立つ。

たいへん〝残念なの〟は、外国人の謀略《ぼうりゃく》にいとも簡単に「やすやすと嵌《はま》って仕舞う」ということ。其の例としては、外国人たちは〝狙《ねら》い〟をつけて、

一、悪徳宗教…統一教会などに入信させる。

二、無知な人々を利用して活用する。

三、彼ら（外国人）は手を汚さない。

実にばかばかしいのは、政治家がテレビのニュースに登場して話題を賑わせていることだ。

犯罪者の心理に就《つ》いて

戦前には、朝鮮系の人たちが慰謝料詐欺《さぎ》を遣《や》らかしたものだが、現今では政府が「堂々と遣《や》らかす」悪行《あくぎょう》には、開《あ》いた口が塞《ふさ》がらない。

一、既《すで》にせしめた例→慰安婦〝詐欺《さぎ》〟…脅迫強要《きょうはくきょうよう》は犯人並《なみ》。

二、犯行は未遂《みすい》の例→徴《ちょう》用工〝詐欺〟…右と同じ。

然《そう》して、後述《こうじゅつ》こそ軽蔑《けいべつ》にあたいするものだ。

一、日本が昭和時代に植民地へ組み入れたこと。

二、わざわざ殊更《ことさら》に嘘《うそ》を吐いても後進国を自認。

当初の大日本帝国は、

一、〝日韓併合〟という新しい方法を採用。

二、朝鮮と大和との両民族は〝全て平等《びょうどう》〟。

三、即《すなわ》ち学校教育・産業動員・徴兵制度等《とう》。

四、然《そう》して〝精神的〟にも純日本人と同等。

五、朝鮮系に対する虐待《ぎゃくたい》と奴隷《どれい》扱いは皆無《かいむ》。

条約文書は紙屑《かみくず》と同じ

各国の要人《ようじん》（元首《げんしゅ》とか為《い》政者など）のなかでは、次例《じれい》の言動を為《し》ている。

一、アメリカのルーズベルト大統領とイギリスのチャーチル首相とが話し合い、ソ連のスターリン首相をけしかけた。一九四一年四月に日本とソ連が締結した〝有効期間五年の中立条約〟を、期間短縮の相談も為《せ》ずにソ連が通告《つうこく》のみで破《は》棄《き》した。然《そう》して、日本領の南樺太《からふと》・北方四島を強奪《ごうだつ》した。アウトローの素顔《すがお》其のまま。それから、日本人を異常に憎《にく》み敵視する韓国人の言動は変哲《へんてつ》きわまりない。

二、韓国では、歴代の大統領が「日本と締結した」処の条約というのは、〝当該大統領の考えのみの物〟であって〝次の大統領の考えとは違う物〟だから、全く無関係と看做《みな》すと為《し》て扱《あつか》う方針《ほうしん》を打ち出している。

日韓で締結《ていけつ》の条約は大統領が変わるたび勝手に廃止され、日本は次の大統領とあらためて条約を結ばねばならない。

条約は　気休《きやす》め如《ごと》き　物にして
文書はまるで　紙屑《かみくず》なりや

白人も〝無知〟が多い

意外や意外、先進国の人たちすら・・後述《こうじゅつ》の如《ごと》く〝無知《むち》〟なのに驚く。
一、日本人と韓国人とを同じ民族と思う。
二、日本を気儘《きまま》に離れた歴史を知らない。
三、日本に対する大嘘話《おおうそばなし》を信じて仕舞う。
其の原因は、彼等《ら》が単純なため、
一、顔付きとかが相当似ている。
二、同じ国民の時代が存在した。
前述に就いて小生が不満であるのは、
一、韓国人が強烈に日本人を罵倒《ばとう》し続ける。
二、韓国政府が徹底《てってい》して日本に嫌《いや》がらせを為《す》る。
三、韓国が官民ともに友好関係を拒《こば》む。

　　コリアンと　ジャパニーズとは　本質が
　〝合性《あいしょう》〟悪く　致命的《ちめいてき》なり

アウトローの〝悪例《あくれい》〟

小生は幼少時から、アウトロー（秩序《ちつじょ》からはみ出した無法者《むほうもの》）と称《しょう》していた人《ひと》たちというのは、左記に示す。

一、ロシアン。

二、チャイニーズ。

三、コリアン。

彼らは、大なり小なり他民族を迫害《はくがい》してきているのをじっくりと観察したし、現在も全世界に対して迷惑《めいわく》を掛け続けているのだ。臆面《おくめん》もなく。

左記の人びとは「苦々《にがにが》しく思っている」ことだろう。

一、良識者。

二、道徳的な人びと。

三、消極的な〝国連〟…手も足も出せない。

悪行《あくぎょう》は　先祖代々　永遠に

続くものにて　こわきものかな

アウトローを曝《さら》け出す

小生がアウトローとして嫌う国《くに》ぐには、ロシア・チャイナ・韓国および朝鮮国たちであり、それらの〝日本と関連深い犯歴〟は、

一、ロシア
最重要なる〝中立条約〟をロシアの通告のみで破《は》棄するという暴《ぼう》挙を遣《や》らかす。

二、チャイナ
上海《しゃんはい》に存在した〝日本人の居留地《きょりゅうち》：租界《そかい》〟へ、国民党政府軍が急に攻めて来た…日本では〝支那事変〟と呼んだ。

三、韓国
臆面《おくめん》も無く〝慰謝料詐欺《さぎ》〟を楽しむ…半島系の少女たちを強制的に連行して従軍慰安婦にするや虐待し殺害したとの嘘話《うそばなし》に依り、威嚇脅迫《いかくきょうはく》を為《し》続ける。

四、朝鮮国

日本少年少女たちの〝誘拐拉致《ゆうかいらち》〟を遣《や》らかし、悪事が明《あき》らかとなって交渉からも全《すべ》ては返さない。

ヤクザの手下になるな

此の際《さい》、アウトローではない国とは左記が必要と信じる。
一、友好《ゆうこう》して親密《しんみつ》に付き合う。
二、絶大な信用が有るアメリカとは別して親密に。
特別に、アウトローの素顔をさらけ出した処の左記の二国には要注意。
一、チャイナ。
二、ロシア。
故《ゆえ》に、アウトローの属国になってはいけない。
然《そう》して、左記の如《ごと》く、
一、経済は上手《じょうず》に付き合う。
二、殊更《ことさら》かどばらない。
三、領土問題は厳正《げんせい》に対処《たいしょ》する。
四、弱気《よわき》にはならない。
五、防衛力は強化《きょうか》する。

ヤクザの正体《しょうたい》には無知《むち》

世人《せじん》（世間《せけん》の人）というのは、一般的に言って「ヤクザ」に対して甘い考えを持っていると思う。殊《こと》に小生が懸念《けねん》するのは次の事柄である。

世界では、古今《ここん》に亘《わた》りうんざり為《す》るほど騒《さわ》がせている処《ところ》のアウトロー（世界の秩序《ちつじょ》からはみ出した）国で目立っているのは、大国のロシア・チャイナと、小国の韓国・朝鮮国である。夫《そ》れぞれは、悪いイメージ許《ばか》りで自業自得《じごうじとく》ではあるが。

筆頭《ひっとう》のロシアは、

一、大陸とて北部寄《よ》りはツンドラ（凍土《とうど》の荒原《こうげん》）から南下して悪さを為《す》る。

二、島が欲しいことから日本固有の島を奪《うば》う。

次のチャイナは、

一、嘗《かつ》てベトナム人の住んでいた海南島を奪った。

二、南支那海の珊瑚礁《さんごしょう》を埋め立てて人工島を造る。

三、東支那海の日本領海直近の所で油田《ゆでん》を幾つも設置する。

四、日本の尖閣《せんかく》諸島が欲しいため狙《ねら》っている。

〝中《ちゅう》と露《ろ》〟との大接近

因《ちな》みに述《の》べるが、市井《しせい》の〝やくざ〟では別の所属者と通常は「仲が悪い」と聞く。アウトロー国家と小生が呼ぶロシア・チャイナに最近殊《こと》のほか「仲が良《よ》く思われる」のは、後《こう》述《じゅつ》に起因《きいん》するのだ。

一、他国への不都合《ふつごう》が両国は多い。
二、防衛で両国は協力が肝要《かんよう》。
三、歩調《ほちょう》を合わせるのが有利→国連での実施は万人周知の事実。
四、魂胆《こんたん》は一致《いっち》している。
五、一流先進国に敵対することを好む。
六、意に沿《そ》わない小国を迫害《はくがい》する。
七、両国が味方《みかた》を増《ふ》やす。
八、冷戦時代を再現→ムードが似る。
昔では　ロシアが優《ゆう》に　勝《まさ》りしが
今はチャイナが　逆転したり

コントラストが物凄《ものすご》い

悪辣《あくらつ》な韓国と間抜《まぬ》けな日本とのコントラストが物凄《ものすご》い。

早くから　詐欺《さぎ》と判《わか》りて　隣国の
　質《たち》の悪さに　啞然《あぜん》と為《す》なり

日の本が　隣国に依《よ》り　迫害《はくがい》を
　受けつつあるが　悔《くや》しきかぎり

詐欺《さぎ》に依《よ》る　犯行はげに　下劣《げれつ》ゆえ
　なんとしてでも　撥《は》ね返さんと

稀《まれ》にみる　御人好《おひとよ》しでは　騙《だま》し取る
　隣国《りんごく》からは　手ぐすねひかれ

日《ひ》の本《もと》の　一助《いちじょ》と願う　執筆《しっぴつ》も
　はや〝定年《ていねん》〟を　幾《いく》とせ過ぎて

人は皆　唯一度《ただいちど》なる　〝人生《じんせい》〟を
　価値あるものに　為《す》る可《べ》きなりや

第六章　チャイナとコリアでは

孔子も嘆いた民族性が

チャイニーズは、先祖伝来の〝民族性〟から、
一、戦争が大好き。
二、他民族を嫌う。
三、他民族を変質的に憎《にく》む。
四、領土の拡大を図《はか》る。
五、〝大国《たいこく》〟を目指《めざ》すのが異常。
孰《いず》れにしても、悪い念願が桁外《けたはず》れである。

阿呆らは　自己の阿呆に　気が付かず
寧《むし》ろ利得と　思いけるかな
物事は　ほどほどなのが　良けれども
桁《けた》はずれとは　呆《あき》れるばかり
争いが　好きなるために　ことのほか
他民族をば　嫌い憎みて

孔子《こうし》の嘆《なげ》きは〝真実《しんじつ》〟

つらつら思うのは、善良で正しい考えで行動する人が極《きわ》めて少《すく》ないのが、過去から現在に亘《わた》って左記のとおりである。

一、チャイニーズ。

二、コリアン。

是《これ》は、民族性と〝風潮〟ならびに乱世《らんせい》の実態などもろもろを憂《うれ》い嘆《なげ》いた時代より、更に酷《ひど》く悪化しているため、呆《あき》れるばかりなのだ。本性（本質）並びに民族性というものを、軽蔑《けいべつ》せざるを得《え》ない。

孔子《こうし》・荀子《じゅんし》が嘆《なげ》き哀《かな》しむ

「学者であり思想家でもあった」孔子・荀子の気持が理解できる。

古《いにしえ》と　今《いま》の今まで　延《えん》々と
貫《つらぬ》き通す　〝遺伝〟は恐《こわ》し
品性《ひんせい》と　風潮等《ふうちょうとう》の　実態《じったい》が
昔の頃と　なんら変わらず

下劣《げれつ》なるチャイニーズ

チャイナの春秋時代に、思想家であり学者であった孔子（西紀前五五一〜前四七九年）が、チャイニーズの民族性と世の風潮を嘆《なげ》いて活躍したのであるが、直《なお》るどころか悪《わる》く成る一方《いっぽう》だ。現今も、衝撃《しょうげき》的なニュースが世界中を飛び交《か》う始末《しまつ》。

孔子が嘆いたのも理解できる。

何《なに》しろ、彼等《ら》ときたら世界中《じゅう》へ益々迷惑《ますますめいわく》を掛け続けているのだから、開《あ》いた口が塞《ふさ》がらない現状。彼等が〝孔子の教訓〟を実践《じっせん》していれば、世人《せじん》は称讃《しょうさん》を惜しまないだろうが。

とにかく、チャイナは〝世界一の膨大《ぼうだい》な人口〟のために悪行というのが、物凄《ものすご》く目立って仕舞う訳だ。所詮《しょせん》、チャイニーズは、

一、遺伝に由《よ》る宿命《しゅくめい》を持つ。

二、善は考えず悪事・悪行に徹《てっ》する。

三、世界貢献《こうけん》は毛頭《もうとう》も考えない。

支那人の　考えは皆　正しくて

おこなうことは　自由なりける

〝争《あらそ》い好《ず》き〟の支那人《チャイニーズ》

いにしえ（大昔）より、支那大陸では混乱つづきで〝争いとか戦い〟の連続であった。
残念ながら、人間社会は平和が長く続いた例《ためし》が無い。平和を乱す〝言葉〟も多い。
㊀いさかい　㊁いざこざ　㊂もめごと　㊃ごたごた　㊄もつれごと
本篇で、名指《ざ》しで支那を取り上げて批難《ひなん》する理由は、
一、膨大《ぼうだい》な人口。
二、広大な大陸。
三、あくどい遣《や》り方《かた》。
四、内戦が醜悪《しゅうあく》で見苦しい。
五、他民族を支配する。
六、周辺国土を占有しつつある。
七、世界を牛耳《ぎゅうじ》りつつある。
支那人の　野望は将《まさ》に　達成へ
向けてピッチが　上がり始めて

〝闘《たたか》い〟を好《この》む支那人《チャイニーズ》

〝支那〟との表現を嫌うらしいが、理由は定《さだ》かではない。嫌う人には次を尋ねたく。

◇　南支那海・東支那海

ところで、韓国人は〝日本海〟を〝東海《トンへ》〟と呼ぶようにしている由《よし》。

因《ちな》みに、日本人は「外交人の言い掛りには弱い」ので応じて仕舞うだらし無さである。

どうやら、戦後の〝弱《よわ》よわしい日本人〟は、

一、作り話《ばなし》の脅迫《きょうはく》であやまる。

二、慰謝料詐欺《さぎ》でカネをとられる。

世界では　だらしがなくて　惨《みじ》めなる
あわれな奴《やつ》は　にほんじんかな

大嘘《おおうそ》の　作りばなしで　おどされて
詫《わ》びる恰好《かっこう》は　みっともなきや

条約を　通告だけで　破棄《はき》されて
弱いにほんは　見くださるなり

大国を誇示《こじ》する支那人《チャイニーズ》

概《がい》して、チャイニーズは時代遅《おく》れの人たちと称しても過言《かごん》ではない。
一、全世界への後述行為に余念《よねん》が無い。
1、誇大宣伝《こだいせんでん》。↓チャイニーズは素敵。
2、実際行動。↓チャイナは恐ろしい。
イ、兵力誇示《こじ》。
ロ、侵略行為。↓領土・財物の略奪《りゃくだつ》。
ハ、殺傷犯罪。
二、直接行為者（実行犯）は、
1、当該民族：チャイニーズ。
2、当該国家：チャイナ。
三、最大原因としては彼等が自負《じふ》する。
1、示威《じい》運動。↓威力を示す。
2、実際行動。↓侵略・殺傷を実行する。
四、理由としても、

1、強国。→軍事力。
2、大国。→膨大《ぼうだい》で優秀な兵力。
孰《いず》れにしても、
一、〝がき大将〟を誇るのは、子供っぽい。
二、「平和を掻《か》き乱《みだ》す」のは、時代おくれ。
然《そ》うして、七十年前の〝世界大戦〟時代に「憧れる」処の中国共産党の幹部連中であり、
彼らの〝言動〟は、
一、軍国主義者そのもの。
二、時代おくれの代表例（見本）
として、紹介・説明できる。
なんと言っても、斯《か》かる〝バカでワルな輩《やから》〟が「現存している」
一、嘆《なげ》かわしい。
二、笑いごとでは済まない。
そのうえ、一番困るのは〝彼らの本音《ほんね》〟が後述ゆえなので。
一、自分さえ良ければいい。
二、他人などどうでもいい。

愚《おろ》か窮《きわ》まる香港島の人

植民地で統治《とうち》した処のイギリスから学んだ筈《はず》の〝自由・民主の思想〟を、香港島の人々《びと》は、どうやら「かなぐり捨てた」模様《もよう》なのだ。

一、頭脳明晰《めいせき》でなく判断力・思考力が乏《とぼ》しい。

二、前述からも〝脳裡から消え去る。

三、中国共産党へ気を遣《つか》う。

四、中国共産党から強制された。

孰《いず》れにしても、人間にとっては仕合わせな〝自由・民主の思想〟を「かなぐり捨てる」ことは、まことに愚《おろ》か極《きわ》まりない。あの偉大なる孔子の〝教え〟を全く無視してきた処の〝祖先から現代に至るまでの支那人〟ならば、然《さ》もありなんと思う次第である。

祖先から　延々《えんえん》続く　遺伝では
阿呆《あほう》なれども　致しかたなし

遺伝なる　阿呆が実に　目立つ為《ため》
彼に哀れを　禁じ得ぬかな

永遠に　続く阿呆が　遺伝とは

彼はまったく　気づかざりける

中国共産党は悪党だ！

昔から、わる者の集団を〝悪党〟と言うが、まことに正真正銘《しょうしんしょうめい》〝中国共産党〟は、悪党と称しても差し支《つか》えないと確信する。

此んなことを言うと〝贔屓《ひいき》の連中とか後援者ら〟は、嘸《さぞ》かし、真《ま》っ赤《か》に成《な》って怒《おこ》るだろうねえ。――其の場面で「みんながどっと笑う」ってのはどうでしょうか？

世界の歴史を繙《ひもと》くならば、独裁者たちとか悪漢らは「挙《こぞ》ってよくない」末路《まつろ》であるのを見届けるのだが。たとえば、

①ナチス（ドイツ労働者党）　②ヒトラー　③スターリン　④ムッソリーニ

⑤石川五右衛門　⑥織田信長　⑦東條英機　⑧韓国の歴代〝大統領〟

　悪事千里を走る

悪行《あくぎょう》は　民《たみ》の怒《いか》りが　放置せず

　　歴史がすべて　物語るなり

低俗《ていぞく》を恥《はじ》とは思わない

チャイナが、先進国ではない理由に就いては左記のとおり。

一、古今を通じて悪賢《わるがしこ》さに長《た》けている。
二、一翼《いちよく》を担《にな》う精神文化が最低である。
三、すなわち誇り高き文明人では無い。
四、未開人や野蛮人らと少しも変わらない。
五、芸術…文学・絵画・音楽を重視しない。
六、前述に依り芸術家を尊ばない。
七、最優先の利益を追求する。
八、カネに滅法《めっぽう》「汚い」こと。
九、自分の仕合わせしか考えない。
十、他者《たしゃ》を「迫害《はくがい》する」のに熱心。

古今では　支那民族は　低俗で
〝芸術家〟らを　たいせつにせず

中と韓との密接な関係

幼少時から八十年以上の長期に亘《わた》る観察の結果に由《よ》り、
一、遺伝のため古来《こらい》悪事を楽しむ。
二、歴史上で数《かぞ》え切れない悪事を為《し》ている。
三、チャイナにはこき使われても寧《むし》ろ満足。
四、悪質極《きわ》まるチャイニーズを非難しない。
五、日本人に対する誹謗《ひぼう》中傷に躍起《やっき》となる。
六、世界中へ嘘話《うそばなし》をばらまく。
七、際立《きわだ》つ例では世界の各地に少女像を建てる。
八、変態言動を平常おこなう。
九、自他共《じたとも》に悪事へ精を出す。
十、世界各地へ異常なドラマを売り付ける。
十一、彼らは日本でも堂々と嘯《うそぶ》いている。

かなり永《なが》きに亘《わた》る観察

「幼時から…」と言うと、「まさか？」と思われそうですが、とにもかくにも小生はませていたので、〝人びとの観察〟にはたいへん興味を持っていました。特別に関心《かんしん》が在ったのは、朝鮮系でした。其の理由は、

一、顔付きは似ているようで違う。
二、言葉遣《づか》いや行動がかなり違う。
三、純粋な日本人へ溶《と》け込まない。
四、殊更《ことさら》離れようと為《し》たがる。
五、風変《ふうがわ》りな性格に思われた。
六、集団の生活を好むみたい。

民族性は　冷厳《れいげん》にして　怖《こわ》き程
未来にわたり　つづき行くなり
幼時《ようじ》から　観察したる　感想《かんそう》は
成人しても　まちがいなきかな

韓国人の劣悪《れつあく》さに関し

韓国人が日本人に敵対《てきたい》するのは、左記への嫉妬《しっと》に他《ほか》ならない。
一、韓国人より日本人は遥《はる》かに優秀でいわゆる頭がいい。
二、世界から日本が尊敬されて評判が良好。
三、東洋人から侵略と占領をされたことの無い日本が憎い。
小生が韓国を蔑視《べっし》する理由は、
一、世界へ貢献《こうけん》する気持ちが全く無い。
二、古来《こらい》チャイナへ朝貢《ちょうこう》させられて現在も属国となっている。
三、ロシアとチャイナに愚弄《ぐろう》されている。
四、争《あらそ》い好《ず》きのため軍事に浪費《ろうひ》する。
五、歴代の要人たちが全《すべ》て悪人↓歴代の大統領が処刑されたり自殺している。
六、暴動やデモ騒《さわ》ぎの絶《た》え間《ま》が無い。
七、日本固有の竹島を奪い取る。
八、韓族は殆《ほとん》どが変質者の言動を楽しむ。

迷惑《めいわく》きわまる〝問題〟

最近つくづく考えている事柄に就いては、
一、人種で異《こと》なる民族性
二、人種たちの相性《あいしょう》。
㊀は、個々の民族に特有と看做《みな》される性格。
㊁は、自分にとって為易《しやす》いか否《いな》かという相手《あいて》の性質を指《さ》す。
此のふたつは、人類《じんるい》に執《と》り〝最重要である〟と心得《え》ているのだけれども。
それで、阿呆らしいと思うのは、
一、韓国が日本へ〝因縁《いんねん》〟を付け捲《まく》る。
二、根も葉も無《な》い事を口実《こうじつ》に困《こま》らせる。

異常とか　変態行為《こうい》は　性格で
未来にわたり　治《なお》しがたきや
〝相性《あいしょう》〟が　悪い事《こと》をば　殊更《ことさら》に
留意《りゅうい》しないは　異常なりけり

関係を悪くする張本人《ちょうほんにん》

テレビとか新聞などの〝報道〟では、永《なが》らく「日韓関係が悪い」との表現がされて・・いる。

そこで、〝原因〟としては、後述《こうじゅつ》の如《ごと》く断定することに成った。

日韓関係を悪くする張本人は韓国なり。

〝理由〟を挙《あ》げるなら、真犯人を左記のとおり断定せざるを得ない。
一、韓国人が本来固有して居る性質・特色。
二、異民族である大和民族・日本人を嫌う。
三、昔の日本人に支配されたことが在るため。
四、李王《りおう》の要請《ようせい》に依《よ》る史実《しじつ》を知らない。
五、嫉妬《しっと》ぶかい。
六、深慮《しんりょ》しないのは勿論《もちろん》で考えもしないで怨《うら》む。
非難・批判を為《し》続けるのは、
なんと言っても人柄《ひとがら》なりや。

悪質のため言動《げんどう》も悪い

韓国人が日本人を殊更《ことさら》に憎《にく》むのは、
一、嘗《かつ》て日本は朝鮮半島に在った韓国の領土を植民地としたことから憎《にく》らしい。
二、韓国人より日本人は〝遥かに優秀・善良〟ゆえに尚更《なおさら》憎らしい。
三、韓国の学校では実際とは違う日本人を教えてきたため尚更憎らしい。
四、〝古《いにしえ》から今《いま》に至るまで混乱状態が続いていることから平和な日本が憎らしい。
五、在日すると〝韓国のあら〟が丸見えなので尚更のこと日本人が憎らしい。
六、日本人・日本国を知れば知るほど韓国との差が歴然《れきぜん》として憎らしい。
七、チャイナから属国扱いされるのに日本は違うという現状が憎らしい。
八、日本人と日本国へいちゃもんを付けることしかできないのも尚更憎らしい。
九、〝嘘の作りばなし〟を喋《しゃべ》って稼《かせ》ぐ自分自身が情《なさ》け無いので尚更憎らしい。
十、〝真実〟を知れば知るで〝日本人・日本国〟が憎らしく思える。
十一、「日本人に生まれたらよかった」と考えれば考えるほど憎らしくなる。
十二、まったく〝真実〟を知らずに騒ぐ群衆からも尚のこと憎らしい。

韓国人は意地《いじ》きたない

韓国人が日本へ来訪《らいほう》したり移住《いじゅう》する理由は、実に意地きたないのだ。
一、日本人へ「たかる」ため。
二、いちゃもんにはカネを出すから。
三、日本人は〝お人好《よ》し〟。
四、でかい顔で生活できる。
五、韓の国内ならば不可能ゆえ。
◇註、いちゃもんとは文句を言うため無理に作った言いがかり。
韓国政府が日本政府へたかった作《つく》り話《ばなし》は、
一、慰安婦→成功：悪事達成。
二、徴用工→未成功。
とにかく、朝鮮より韓国のほうが一層下等《かとう》であるのに間違いはない。

下劣《げれつ》ゆえ　次から次へ　集《たか》る奴《やつ》
成功すれど　其の後《ご》つづかず

在日韓国人の〝妄言《ぼうげん》〟

在日《ざいにち》している〝或《あ》る韓国人〟が、日本人記者たちへの発言した処の、終戦後に日本は朝鮮半島を二《ふた》つの国へ分《わ》けた。

というのに就《つ》いて、小生は次のとおり、

一、無知…占領された日本は何もできなかった。

二、「真相は知っている」が嫌《いや》がらせ。

三、〝冗句《じょうく》〟を発して注目《ちゅうもく》されたいため。

孰《いず》れにしても日本人にとって〝彼のコメント〟は、

一、実に〝反日《はんにち》〟その物《もの》。

二、無礼《ぶれい》も限度を超《こ》える。

三、冗句《じょうく》なら低俗《ていぞく》すぎる。

韓国人が日本在留を望む理由は、

一、日本人は無類《むるい》の御人好《おひとよ》し↓韓国にいるよりも日本は甚《はなは》だ住み易《やす》い。

二、韓国よりも平和ゆえ安全↓韓国内は混乱つづきで平穏の例が無い。

悩ますのが得意《とくい》なのか

韓国が嫌《いや》がらせに励《はげ》むため日本が困る如《ごと》く、世間《せけん》ではよく、隣人《りんじん》には悩んでいる。
という情報の多いことに呆《あき》れる。憂《う》き世《よ》とはよくぞ言いたり。…煩《わずら》わしいねえ。

一、〝公私〟ともども。
二、迷惑《めいわく》な人は何処《どこ》にでもいる。
三、〝変質者〟はざら。
四、異常が酷《ひど》いのは気味《きみ》が悪い。
五、他者《ひと》への迷惑は仕事の一《ひと》つ。
六、生《い》き甲斐《がい》とする人間もいる。
七　楽しむので始末《しまつ》が悪い。
八　遣《や》るほどにつけ上がる。

自《みず》らへ　贈《おく》る為《ため》にと　隣人が
「困り悩む」を　精いっぱいに

餓鬼《がき》っ子とは大差無し

テレビなどの報道で、馬鹿《ばか》丸出し故《ゆえ》に「述《の》べざるを得《え》ない」けれども、韓国人は、
一、大統領がやはり目立つ。
二、集って騒ぐのが大好き。
三、自発的な連中は話題を望む欲《よく》で遣《や》る。
孰《いず》れにせよ、自《みずか》ら本質を曝《さら》け出して終《しま》った訳《わけ》である。是《これ》に依《よ》り、韓国人が変質者という〝真実〟が鮮明《せんめい》に成ったと堂々と言えるのだ。
馬鹿に付ける薬《くすり》は無い
彼らの全員が、古今《ここん》と未来永劫《みらいえいごう》に亘る〝遺伝〟という冷厳《れいげん》な真実に左右《さゆう》されて翻弄《ほんろう》せざるを得ないのは、憫《あわ》れみを覚える次第。

韓族は　餓鬼《がき》っ子たちと　大差無く
馬鹿をみずから　さらけ出すなり
遺伝にて　変態なのが　全員と
あきらかに成り　あわれなるかな

日本人を「憎《にく》む」のは

此のたび、韓国人が日本人を憎む原因と理由を突き止めました。
一、素因《そいん》としては合性《あいしょう》が悪い。
二、原因は日本人が遥かに優秀且《か》つ善良。
三、理由では、
1、世界にすこぶる好評。
2、貢献寄与《こうけんきよ》の憎しみ無き純真な心根《こころね》。
イ、献金・援助を行《おこな》う。
ロ、難民の救助に励《はげ》む。
ハ、失業者が働《はたら》けるようにする。
ニ、列挙《れっきょ》すると際限《さいげん》が無い。
ホ、韓国には到底《とうてい》不可能だし遣《や》る気すら皆無《かいむ》。
相性《あいしょう》の　悪い事こそ　致命《ちめい》にて
阿呆《あほう》の愚痴《ぐち》こそ　笑えるものぞ

韓国人は〃大嘘《うそ》つき〃

韓族である韓国人は、朝鮮族である朝鮮国人よりも、輪《わ》を掛けた〃嘘つき〃であることが、従軍慰安婦を持ち出す〃嘘話《うそばなし》〃から「明白《めいはく》になった」し、証明《しょうめい》された。
一、朝鮮国人が一切抗議《いっさいこうぎ》しないことが物語る。
二、帝国陸軍には朝鮮半島系の軍人が多数いた。
三、当時は慰安を好《この》む遊女が全国に数万人存在した。
四、慰安を嫌う少女なんぞ〃お呼び〃ではない。
五、〃総理大臣の意《い》〃に沿《そ》わない命令は不可能。
亦《また》、昔から半島人というのは「カネには汚い」性質が有ることを観察している。
一、日本へ慰謝料を請求することを画策《かくさく》して実行して仕舞《しま》う。
二、戦争中の日本を殊更《ことさら》悪く印象《いんしょう》づける。
三、日本人は昔も今もワルと決《き》めつけ若い世代《せだい》へ教育する。
四、日本の評判を落とすために全世界へ喧伝《けんでん》する。
五、カネを稼《かせ》ぐためアニメなどを売る。

ケチを付けた事が無い

標題に就いては、北鮮は日本への抗議は全く無い。
一、慰安婦。
二、徴用工。
此の現実からも後述が歴然であり明白である。即ち韓国人の抗議・主張は、
一、嫌がらせ。
二、事実と全く違う。
三、誹謗中傷。↓大嘘《うそ》であるのを裏付《うらづ》けている。
故に、同じ植民地の原住民であった北鮮が抗議《こうぎ》をしないことからも、次を自認する始末。
一、嘘吐き。
二、愚劣《ぐれつ》さ。
三、人間として最低。
四、後進国では下等《かとう》。

自分から　莫迦《ばか》なる事を　曝《さら》け出す
奴も居るのを　まざまざ見たり

韓民族は余りにも愚劣《ぐれつ》

敗戦前では、台湾と朝鮮半島は日本の外地《がいち》と称して日本領であった。然《そう》して、朝鮮半島に住む人々を〝半島人または朝鮮人〟と呼んだもの。則《すなわ》ち、朝鮮系の日本人と理解した。だから、彼らに就いては、

一、居住地等《とう》に由《よ》る格差は無い。

二、全て平等であり差別は無い。

戦後は、先ず南部へ大韓民国が、北部へ朝鮮民主主義人民共和国が発足《ほっそく》したのだが、夫《それ》ぞれの民族性が大きく違うのをまざまざと見せ付けられたのだ。

一、韓国人：作り話の大嘘で日本を誹謗中傷する。↓従軍慰安婦・徴用工。

二、北鮮人：嘗《かっ》て日本を誹《ほう》謗中傷したことが無い。

北よりも　南の方の　コリアンは
低俗にして　莫迦《ばか》が多けれ

韓族は　鮮族よりも　低級で
南と北は　大差あるかな

半島の　歴史を見ても　争いの

絶えしこと無く　すべてごたごた
揉《も》め事《ごと》が　凄《すご》く盛んで　本当に
あらそい好《ず》きの　ひとたちばかり
にっぽんと　別れたならば　早速《さっそく》に
〝戦争〟を遣《や》り　むごたらしきや